Só sei que foi assim

MARIA BITARELLO

2ª EDIÇÃO

São Paulo, 2018

la petite ferme

1ª edição - 2014

Edição e Projeto Gráfico
Ulisses Belleigoli

Revisão de Texto
Bruno Horta

Capa
Letícia Coelho

Foto da capa
Fábio Nascimento

2ª EDIÇÃO

B624s Bitarello, Maria, 1982 -
Só sei que foi assim / Maria Bitarello. – 2ª ed. – São Paulo : La Petite Ferme, 2018.
96p.

ISBN: 978-85-68197-05-9

1. Crônicas brasileiras. II. Título.

CDD – 869-98
CDU – 821.134.3(81)-8

la petite ferme
ioncemetagirl.com

amor fati

Se a felicidade tivesse um som, seria o silêncio.
Benjamin Taubkin

A MARINHEIRA

Prefácio de Matthew Shirts • 4 de julho de 2014

Maria Domingues Bitarello sentou diante da minha mesa de trabalho em São Paulo e logo foi tirando da mochila um embrulho. Jovem, bonita, com um olhar de curiosidade disfarçada pelas coisas, parecia reunir certa experiência de vida. Morara já, foi me contando ela, no Colorado, em Los Angeles, em Washington D.C. e na França, em Paris. Isto sem falar de Juiz de Fora, em Minas Gerais, onde fora criada. Eu viria a aprender com o tempo, graças a seu intermédio, que aquela cidade universitária da Zona da Mata tem um alcance espantoso.

Não tinha mais do que uma vaga ideia de quem fosse a garota, mas reconheci a xícara tão logo a vi saindo dos papéis de embrulho. Trazia meu nome e sobrenome impressos em letras grandes junto ao logotipo do centro de estudos onde eu trabalhara, décadas antes, em Washington D.C. Esquecera-me por completo da xícara. Como chegara às mãos daquela jovem era um mistério. Ela a comprara numa feira de quinquilharias? Alguém a jogara fora, será? Entreguei-me à busca do tempo perdido, antes mesmo de ouvir sua explicação. Quem me dera a xícara fora meu saudoso amigo, guru e chefe no centro de estudos Woodrow Wilson, em D.C., Richard Morse. Autor de *O espelho de próspero*, um dos últimos grandes pensadores do Brasil e das Américas, Morse morrera em 2001. Estávamos em 2012. A xícara parecia um recado enviado do além. Quem conhece o Morse, como eu, poderia desconfiar que fosse até algum tipo de magia. Seu entendimento dos labirintos da cultura latino-americana é lendário, afinal.

A xícara, daquelas grandes, americana, ficara na casa da mãe da Maria (aluna do Morse, tal como eu), em Juiz de Fora, durante a adolescência da autora. Sua mãe a trouxe para mim no Brasil, a pedido do professor, quando a família saiu de Washington. Mas a xícara não chegou a São Paulo. Ficou em Juiz de Fora. Fizemos as contas. De Washington D.C. até a minha mesa, em São Paulo, a xícara levara 17 anos.

Assim começou nossa amizade, com abraços e lágrimas e saudades do velho e bom professor com quem ela vivera quando criança e eu, antes, como aluno. Era uma apresentação auspiciosa. Não poderia ser desperdiçada. Maria trabalha comigo desde então em projetos variados, sobretudo de livros. Aos poucos foi me apresentando seus escritos. São textos curtos, crônicas, na tradição brasileira do gênero, temperadas com uma pitada de ensaísmo.

Aprendi com uma das crônicas que existem dois tipos de narradores na literatura: o marinheiro e o camponês. "O primeiro viaja o mundo e conta do que viu. É estrangeiro, é imigrante, é náufrago. Sua condição é o exílio. Sua sina, não pertencer. Um observador condenado. O segundo é o que fica. Que vê o forasteiro visitar suas terras. Que vê as chegadas e partidas sempre do mesmo lugar. Ele sabe de si e do seu povo. Se confunde com a própria terra. Porque passou a vida inteira no mesmo lugar, e isso ninguém tira dele. Esses dois narradores, dizem, dão conta de todas as histórias contadas. Eles são os narradores de fundação".

Maria Bitarello é uma marinheira. Traz para nós as aventuras vividas entre as culturas e os livros dos outros, seja na África ou na sua casa em São Paulo, onde lava louça e enfrenta a fauna urbana, desejada ou não. Diz-se apaixonada pela literatura dos beats americanos, como eu já fui. De uma geração mais jovem do que a minha, Maria começa pelo filme *Na estrada*, feito por um brasileiro, Walter Salles, para chegar ao livro de Jack Kerouac e toda a "patota", Ginsberg, Burroughs, Cassidy, Ferlinghetti, da qual ela sonhava fazer parte. "Queria aquela liberdade, aquela vontade de viver, aquela sede de experiências e ausência de censura. Queria viver jazz, viajar a América, ler, amar, beber e fumar. Viver poesia".

Este espírito kerouaquiano está em *Só sei que foi assim*. "Adoro turbulências durante o voo. O trepidar lembra um ônibus da Cometa e aumenta minhas chances de adormecer a bordo", escreve a certa altura. Assim chegaremos ao Benim, com escala em Trípoli, na Líbia, num itinerário de orgulhar os beats. Compraremos juntos, de um vendedor habilidoso, caxemira na Índia. Conversaremos com a roqueira Patti Smith, em Paris, para conseguir um autógrafo no livro de memórias, *Just kids*, dos seus favoritos. Em Paris, também, Maria nos leva para dentro da lendária livraria Shakespeare and Company, que ela conheceu depois de ler *Um livro por dia*, de Jeremy Mercer, e onde chegou a estudar redação. E, em uma das minhas crônicas favoritas desta coletânea deliciosa, ela conclui e nos convence de que a França é igualzinha a Minas Gerais. Claro. Faz sentido depois de ler *Só sei que foi assim.*

ENTREGAR-SE PARA VENCER

13 • 07 • 2012

O barulho da chave na porta me tira atenção do livro e levanto o olhar justo quando ele entra na sala com a mala e a mochila de equipamento. Deixo o livro aberto na página 47 para não perder o ponto da leitura, ao lado da minha própria mala ainda jogada no chão, e ele atravessa a sala aflito, uma mão ao peito. Com algumas horas de diferença, chegamos ambos da Rio+20, a Conferência da Nações Unidas sobre Desenvolvimento Sustentável, encerrada na noite anterior. Só que ele acabou de perceber que esqueceu seus HDs, sua vida e obra, no banco de trás do táxi que o trouxe do Aeroporto de Congonhas até em casa.

Mas tudo bem. Muita calma. Vamos lá. Temos um recibo: R$ 34, uma rubrica e uma placa. A letra do meio está ilegível, mas o número é, com certeza, 3985. Será que é um Y, um Z ou um T? Acho que é um Y. Vamos com o Y. No computador, descobrimos que Congonhas tem duas frotas de táxi, e cada uma tem mais de 600 placas. A placa que temos em mãos, inacreditavelmente, não está filiada a nenhuma das duas. Inércia compulsória – o que fazer, afinal? Aleatoriamente, tentamos algumas palavras chave no Google. Ligo para uma amiga taxista, que sugere a Prefeitura de São Paulo: 156. Ali, me informam que o Sindicato dos Taxistas tem registro de todos os veículos e motoristas em circulação na cidade. “Mas a senhora só vai conseguir falar lá na segunda pela manhã”, me diz a voz do outro lado da linha.

Não dá para esperar. São 18h de sábado. Saímos então em busca de um milagre. Calço uma bota por cima da calça de ginástica, descabelada e desacreditada, e voltamos ao mesmo ponto onde tudo começou. Congonhas. No guichê da companhia e após alguma insistência, uma revelação: o motorista é o Dimas, e o táxi é um Meriva. Outra placa. Nada a ver com a que temos. “Outra placa?”, pergunto de forma retórica. “É, e o telefone dele mudou”, responde o funcionário. “Mas então como sabemos que é ele?”.

Enquanto eu corria para cima e para baixo do lado de fora, rastreando uma placa errada, eles olharam as imagens de segurança da câmera do ponto. Calcularam a hora de partida, voltaram o vídeo até verem meu companheiro entrando no carro. Com a nova placa memorizada, retomo minha aeróbica térmica na noite fria pela calçada dos taxistas, buscando o Meriva e o Dimas até ambos aparecerem.

Jovem e com cara de gente boa, bem-vestido, o Dimas abre o carro para a gente e já avisa que não encontrou nada. "Eu nem olhei aí para trás depois que você desceu", ele diz, dirigindo-se a meu companheiro. Em vão, nossos olhos buscam os recôncavos do carro, embaixo do tapete, entre o assento e o encosto do banco, no porta-malas, sob o banco da frente. Não estão ali, mas parar de olhar é pior. "Você pode nos dizer para onde levou o último passageiro?" "Posso", responde com calma, "foi no Mercure Hotel do Brooklin, ali perto da Berrini. Tô aqui com o boleto deles, tem o endereço. Acho que eles eram indianos."

Eles? Sim. Um grupo de 21 indianos chegou ao aeroporto pouco depois do meu companheiro e solicitou o serviço de vários táxis, "uns cinco", para levar todos eles ao hotel. O Dimas acha que eles eram indianos e sabe que não falavam português, só um no carro dele falava inglês. Voltamos ao balcão interno da companhia de táxis para verificar, mais uma vez, a filmagem de segurança. Achamos o momento em que dois deles chegam para comprar os boletos. Congelamos a imagem, e tiro uma foto com o celular para reconhecê-los no hotel. O Dimas vai junto, "pro caso de os caras não acreditarem em vocês", foi o que ele disse.

No Mercure, a recepcionista desmotivada chama um dos integrantes do grupo, alguém que fale inglês. A jovem com piercing no nariz que surge é solícita, gentil e chama o rapaz da foto do celular, aquele que comprou o boleto. Em hindi, ela fala ao telefone, e o rapaz desce à recepção. Mostro a ele também a foto do celular em que ele próprio aparece, ao lado de um senhor. "Ele disse", aponto para o Dimas, sentado no sofá, "que o outro homem na foto estava no táxi dele". Todo arregalado, o rapaz me pede para esperar enquanto volta ao andar dos quartos a fim de saber se alguém entre os demais 19 membros do grupo encontrou os HDs.

Passados mais alguns minutos, desce o outro homem da foto, o senhor que falava inglês. Soltamos um "ahh" uníssono e aliviado quando avistamos a bolsinha com os HDs em suas mãos. Salto do sofá da recepção e tenho vontade de abraçá-lo, mas pressinto o desconforto e me detenho. "Pensei que vocês fossem da polícia quando vi a foto no celular", confessa o mais jovem. Me desculpo pelo mal-entendido e ofereço uma cerveja brasileira e amiga. Polidos e assertivos, eles recusam. Não bebem. Ainda bem que não tentei abraçá-los quando tive o impulso e me poupei de mais um desrespeito cultural prestes a ser cometido. A cerveja já foi, já era.

O clima entre nós é muito amistoso. Cordial. O indiano mais velho é advogado e, com o restante do grupo, acaba de chegar do Rio de Janeiro, da conferência da ONU, da qual participou junto a uma ONG. "Nós também voltamos de lá agora", contamos. Cuidadoso, ele faz perguntas, aqui e acolá, para ver se somos, de fato, os proprietários daqueles pedaços de plástico fabricados na China e que, não fosse pelo que contêm, teriam pouco valor. Tiramos fotos juntos. Trocamos e-mails, agradecimentos e falamos de comida indiana, uma grande favorita aqui em casa. Oferecemos nossa ajuda para o que precisarem em São Paulo, e eles oferecem suas casas na Índia, "país que devemos conhecer". Não é a primeira vez que ouvimos isso.

Já em casa e instalada após três horas de adrenalina, investigação e perseguição, volto ao livro aberto sobre o sofá da sala. *Shantaram*, de Gregory David Roberts, é autobiográfico e conta uma série de episódios na vida deste homem que, no início da história, foge da Austrália, onde foi condenado a 20 anos de prisão, e chega a Bombaim, na Índia. Na página entreaberta desde cedo, lê-se: *"Sometimes, in India, you have to surrender before you win"* [1]. Contamos nossa aventura a um amigo americano de visita em São Paulo, e ele disse que "só no Brasil mesmo. Isso nunca aconteceria em Nova York. Ninguém faria isso!"

Vai saber... Meu companheiro atribui o desfecho positivo à Índia, não ao Brasil: "Quando o Dimas disse que eles eram indianos, sabia que estávamos com sorte." O episódio até se passou em São Paulo, mas o que sentimos foi uma grande presença da amiga francesa, ausente desde 2009, que nos ensinou que as pessoas da Índia são assim, abertas. Ela também achava que a Índia devia ser conhecida.

---

[1] Às vezes, na Índia, você tem que se entregar antes de vencer.

"That is how they manage to live together, a billion of them, in reasonable peace", li mais adiante, no livro de Roberts. *"They are not perfect, of course. They know how to fight and lie and cheat each other, and all the things that all of us do. But more than any other people in the world, the Indians know how to love one another"* [2]. É, foi sorte mesmo.

---

[2] É assim que fazem para viver juntos, bilhões deles, em razoável paz. Eles não são perfeitos, é claro. Eles sabem brigar e mentir e roubar uns aos outros, e tudo o que todos nós fazemos. Mas mais que qualquer outro povo no mundo, os indianos sabem como amar uns aos outros.

A ERA DE OURO DO PUNK

30 • 11 • 2012

Em outubro de 2006, fui cobrir o TIM Festival na Marina da Glória, no Rio de Janeiro. Cheguei mais cedo, sozinha, para ver a apresentação de Herbie Hancock. Recostei-me no bar, ao fundo. Ele também, cotovelos apoiados sobre o balcão. Lenny Kaye. Reconheci-o na hora. Tinha visto-o no palco na noite anterior com Patti Smith, um show que me surpreendera pelo punch. Reconheci-o, em parte, pelas longas pernas, tão finas nas skinny jeans. Lenny é um personagem ativo da bíblia punk *Please kill me (Mate-me por favor)*, o livro escrito pelos jornalistas Larry "Legs" McNeil e Gilliam McCain, inteiramente com falas diretas de personagens reais da cena musical de Nova York, do final dos anos 60 ao iniciozinho dos anos 90.

Estávamos ambos sozinhos. Resolvi puxar papo. Falei que gostei do show. Ele sorriu com os lábios selados. Me comprou uma cerveja. E paramos de prestar atenção no show. Lenny me contou do show de despedida em que tocara com Patti, na última noite de funcionamento do CBGB – o QG punk. Eu devorei cada detalhe. Ali estava um sobrevivente de uma nostalgia utópica que eu jamais viveria. Contive meu entusiasmo para que a noite não acabasse rápido demais.

Após o show, Lenny precisou ir ao backstage dar satisfação à sua equipe. Ele queria ficar, ver mais shows, curtir a noite quente do Rio de Janeiro à beira-mar; em suma, se jogar. Fiquei incumbida de assegurar seu bem-estar até a hora em que ele quisesse ir embora, quando a van voltaria para buscá-lo. Passamos pelas pedras da Marina para ver o mar e terminamos na tenda principal. Chegamos justo para o show de abertura do Yeah Yeah Yeahs. Não curto a banda, mas Lenny não parecia se importar. Estava se divertindo. Alguns fãs o reconheceram. Se aproximaram, tímidos. Ele bebeu pouco e dançou bastante. Magrinho de tudo, com a cabeleira abaixo das orelhas e de um branco imaculado. Terminamos a noite pulando ao som dos Beastie Boys. Nos despedimos. E nunca mais o vi.

Corta para 2011. Um amigão pernambucano me sugere ler *Just kids (Só garotos)*, da Patti Smith. Amei e deixei o livro todo rabiscado à caneta. Nele, a poeta punk escreve fragmentos de memórias. De sua mudança para Nova York, no fim dos anos 60, até o fim dos anos 80, período pelo qual se estendeu sua relação amoroso-artístico-espiritual-fraterna com Robert Mapplethorpe, o infame artista plástico e fotógrafo. Patti foi, então, a Paris receber um prêmio pela publicação, concedido pela revista *Inrockuptibles* (Inrockuptíveis), a *Rolling Stone Magazine* da França. A entrega foi no Gibus, a casa-templo onde os Beatles tocaram. E fui lá com outro amigão, este, mineiro.

Chegamos na mesma hora que a autora, entramos juntos, e o que acompanhamos foi bonito. Um lugar pequeno, apertado. Ali, só tinha fã de verdade. Gritaria, empurra-empurra, fotos e autógrafos? Nenhuma dessas coisas. Só aplausos. Sinceros e elegantes. Ela desfilou, com timidez enternecedora, adentrando o bar. Parou ao fundo, onde a mandaram ficar. Olhava para a gente. Sem maquiagem alguma. Camiseta branca e larga. Jaqueta velha. Tranças grisalhas ao lado da cabeça. Dentes muito amarelos. Uma expressão envergonhada e sem pressa. Deu um passo à frente e me olhou nos olhos. "Não sei o que dizer. Ou fazer", falou e deu de ombros, sem tirar as mãos dos bolsos. "É. Ninguém sabe", respondi, esperando ajudar. Parei. E prossegui. "Tenho certeza de que você ouve isso o tempo todo, mas eu realmente amei seu livro. Foi a melhor coisa que li em muito tempo. Tão honesto, tão lindo", falei por fim, atropelada pelo silêncio ensurdecedor que ameaçou se instaurar. Ela balançou a cabeça, fechou um pouco os olhos, em gesto de gratidão.

Me calei. Passei a ela os dois livros que tinha em mãos. Ela perguntou se era a edição inglesa, e respondi que achava que sim, pois tinha comprado na Europa. Ela olhou a foto da capa. Ela e Robert. "Prefiro a foto dessa capa daqui, mais do que a da versão americana". Observei-a observar o livro. Ela, então, assinou meu exemplar e o outro, este para meu amigo. "Foi ele quem me sugeriu *Just kids*", expliquei. "É um presente especial." Peguei meus dois exemplares e dei espaço aos demais leitores, todos com livros nas mãos. Em poucos minutos, Patti estava sozinha outra vez, no canto do bar. As mãos continuavam nos bolsos. O olhar era curioso, como os nossos. Nos fitamos, e ela, de novo, deu de ombros, embaraçada. Sorrimos. Me aproximei. Contei a ela sobre meu encontro etílico com Lenny, cinco anos antes, no Rio de Janeiro. Dei o máximo de detalhes de que pude me lembrar, falando alto em seu ouvido para romper o ruído ambiente. "Essa história é a cara dele", aprovou com bondade. Perguntei se ele ainda estava em Nova York. Contei que, desde então, após uns dois e-mails, não tínhamos mais nos falado. "Ele está lá. Ele está sempre lá. Agora mais velhinho."

Nunca fui fã de Patti Smith, nem de Lenny Kaye. Mas, se existe uma Era de Ouro, para mim, ela foi Nova York nos anos 60 e 70. É meu oásis atemporal, para onde minhas fantasias vagam num sábado à tarde. E *Just kids* é *Please kill me* apaixonado. Me rendi. A prosa de Patti, memorialista, sensível e articulada, me tocou muito mais que sua poesia punk, declamada. Senti, nos dedos, ao passar as páginas, seu amor por Robert. Alimentei-me dele. Lembrei-me de Lenny, no Rio, e do pernambucano que nunca recebeu o livro extraviado. Nutri-me daqueles dois encontros. E o que me veio à mente, de súbito, foi esse trecho do livro: *"I understood that in this small space of time, we had mutually surrendered our loneliness and replaced it with trust"* [3]. E não há nada de fantasioso nisso. No fundo, toda história é sobre um amor; toda cidade também é uma história. E é no meio dos dois que voltamos a ser garotos.

---

[3] Entendi que neste pequeno espaço de tempo, havíamos ambos rendido nossa solidão e substituído-a pela confiança.

ELEIÇÕES

05 • 10 • 2012

"O que é capitalismo selvagem?", perguntei ao meu pai, bem pequena. A música dos Titãs tocava na rádio. Os anos 80 eram o presente. A pergunta era interessante. E ele, prontamente, me apontou os sinais do capitalismo sob sua ótica. Desigualdade social. Pobreza. Inflação. Abracei aquela parte da verdade e, na próxima vez em que vi um morador de rua, não hesitei. "Olha, pai! Um capitalismo selvagem!". A mente de uma criança é uma coisa fabulosa e misteriosa. Crianças olham. Elas veem histórias.

Nessa semana de eleições municipais, pensei na minha associação lúdica e, ao mesmo tempo, avessa ao universo político-eleitoral. Eu torcia pela esquerda como por um time de futebol. E, ao mesmo tempo, tinha raiva dos homens que passavam a noite lá em casa fumando e discutindo a revolução. Eu os via de relance quando acordava para fazer xixi e ouvia frases soltas, como "a quarta internacional".

Minha tia, que não dava a mínima para esse universo dos meus pais, confessou ter ficado surpresa em uma reunião secreta do que viria a ser o Partido dos Trabalhadores no "quartinho" do quintal da casa da minha avó, na época em que todos eles estavam na faculdade. "A revolução é iminente", ouviu ali dentro. Saiu eletrizada, surpresa com sua ignorância diante de algo grandioso e iminente. Depois, perdeu o interesse. Não era iminente coisa nenhuma.

Meus pais, não. Acreditavam. Viajavam clandestinamente. Reuniam-se. Deliberavam. Pediam a voz. Tomaram uns tapas por aí, foram presos, julgados e liberados. Com meu nascimento, os caminhos políticos começaram a se divergir e, passada a derrota do Lula em 1989, chegou ao fim aquela união político-amorosa. Naquele mesmo ano de 89, a decoração do meu aniversário de 7 anos foi de estrelas do PT. As surpresinhas, broches vermelhos estrelados e adesivos de campanha. Tirei foto com o Lula, mas perdemos a eleição. E meus pais se separaram.

Ainda vi o Lula outras vezes. Meu pai foi presidente do PT em nossa cidade e, numa noite dos anos 1990 em que ele devia escoltar o candidato à presidência, não teve dúvidas. Colocou também minha irmã e eu no centro do cortejo de homens de braços dados que descia a rua principal da cidade. Histórias como essa, da minha infância politizada, têm apelo com alguns ouvintes. Sobretudo com os cabeças-abertas que nasceram em lares mais caretas. Consigo entender. Mas a realidade é que passei mais finais de semana na feijoada ou no churrasco para arrecadar fundos para a campanha do PT do que no clube ou na pracinha.

Conheci várias gestões do PT regional, seus candidatos; depois, dirigentes do sindicato. Havia muito tédio, e também outras crianças desinteressadas por aquilo tudo. Criávamos brincadeiras, metas e desafios, e sempre havia certa competição para ver quem conseguiria ir embora primeiro. Às vezes, nossos pais se desentendiam numa reunião, e aquela criança sumia do círculo. Na falta circunstancial de companhias infantis, me imiscuía facilmente entre os adultos. Aprendi com eles a sambar e a assoviar com dois dedos na boca. Era um exemplo de "companheira".

Em 1994, para provocar, declarei firmemente meu apoio a FHC. Não me deram muita confiança, então abandonei a ideia. Em 1998, já adolescente, tirei outra foto com o Lula, que agora estava bem mais pop e disputado. A foto saiu no jornal e tudo, mas ele perdeu de novo. Eu estava na flor da idade revolucionária e usava camisas do Che Guevara, ouvia Rage Against the Machine, sonhava em ir a Cuba, desenhava bandeiras dos Estados Unidos de cabeça para baixo na capa do meu caderno da escola, lia livros como *O príncipe* (Maquiavel), *A ilha* (Fernando Morais), *As veias abertas da América Latina* (Eduardo Galeano) e sabia a diferença entre Libelu e Estratégia.

Em 2002, na ressaca daquela euforia, ainda tentei uma terceira foto, mas fui esmagada, e meu porta-retratos, estraçalhado pela multidão. Não consegui a foto; abandonei a muvuca e a política. O Lula ganhou. Foi a primeira e última vez em que votei para presidente. Desde então, estive fora, viajei, não fiz questão mesmo. Das eleições municipais, só votei em uma. Não é um manifesto. Simplesmente foi assim. Precisei ceder uma parte boa da minha infância em nome de uma causa que não era a minha. Cresci ouvindo como resposta "depois das eleições", ou "depois da greve", ou "depois da campanha salarial". Me senti injustiçada. Muitas vezes. E não quis que minha vida, a partir do momento em que coubesse a mim decidir, fosse regida por esse calendário, arbitrário a meu ver.

Foi morando na França que fui perceber minha admiração por seu Estado, presente, e sua tradição, de esquerda. Meu respeito pela organização dos sindicatos. Pela sindicalização de toda e qualquer profissão ou ofício. As greves e piquetes, que eu tanto detestava, acabaram mexendo comigo. Como a defesa – no grito – dos direitos dos imigrantes, dos exilados. A paralisação completa da rede ferroviária do país diante da ameaça de sua privatização; dos jovens sem penetração no mercado de trabalho; dos trabalhadores afetados pela mudança na idade de aposentadoria. Me emocionei, algumas vezes, vendo, na França, um país comprometido.

Pensei no meu pai lá em Minas, microfone na mão, rouco, até hoje defendendo campanhas salariais das escolas municipais no meio da rua. Vi o homem; atrás do pai, do sindicalista. E vi uma história.

10 ANOS DE SOLIDÃO

10 • 09 • 2011

Quando conheci Richard M. Morse, ainda não sabia quem era Gabriel García Márquez. Logo ele, que personificava uma das criações do escritor colombiano. Tal qual o patriarca da família Buendía, de *Cem anos de solidão*, ele pouco ligava para a infância, considerando-a a fase menos interessante na vida de um indivíduo. Apesar de seu desgosto pelos infantes, Morse tomou conta de mim e de minha irmã mais de uma vez, e incontáveis horas de nosso primeiro ano em Washington D.C. foram passadas em seu lar: quatro andares de uma casa solitária, repleta de livros e poeira que preenchiam as escadas do porão ao sótão. Era raro sairmos para o quintal. Fazia frio; mato para todo lado. Sem alternativas de divertimento, passei a desfrutar da limpeza e reorganização de seu escritório bagunçado. Ele vinha, de tempos em tempos, assegurar-se de que eu não estava arruinando sua perícia em biblioteconomia nem estabelecendo uma ordem baseada na cor das capas dos livros. Eu não fazia isso.

Eu também gostava de descer até o porão para descobrir antiguidades e quinquilharias novas para mim, algo que ainda amo fazer. Encontrei panelas, ferramentas de jardinagem, livros, tabuleiros de xadrez e comida enlatada. Havia, de fato, muito pouco para uma menina fazer na casa do Morse. Quando nosso desassossego se tornava insuportável a todos, entrávamos em seu pequeno Honda azul bebê e íamos até a lanchonete para comprar sanduíches. Eu nem gostava muito deles, tinham muito aipo e maionese, ambos ingredientes dos quais sigo desgostando, mas eles ajudavam o tempo a passar mais depressa. Uma vez desvendados integralmente os então já familiares quatro andares da casa em Foxhall, eu sentava-me resignada à mesa onde ele e minha mãe falavam sobre livros e ideias por uma duração que parecia interminável. E, sem ânimo nem esperança, recorria à escrita.

Morse era bem alto. Alto e lânguido. Ele já era meio velhinho quando nossos caminhos se cruzaram e, no entanto, se deslocava com graça e leveza pelos quatro pisos de sua residência, descendo e subindo escadas, conforme a necessidade, para encontrar aquela citação ou livro que queria compartilhar com amigos. E sabia precisamente onde encontrar o que procurava. Usava óculos, uma dentadura que tirava para comer, tinha mãos e pés muito grandes e uma longa mecha de cabelo ao lado da orelha direita que ele, com muito estilo, usava para cobrir a testa e repousar atrás da orelha esquerda. Ela não conseguia camuflar sua careca e vivia caindo em seu rosto, conforme as horas e garrafas passavam pela mesa. Minha tarefa favorita com Morse era, sem dúvida, recolocar aquele pedacinho de cabelo de volta em seu devido lugar e restaurar sua dignidade. Acariciava sua careca lisinha, dava beijinhos e tinha, desse modo, uma forma de intimidade minha com este homem que foi uma presença tão inequívoca em minha infância e que, para minha ignorância na época, tinha tão pouca estima pela classe infantil que eu representava. "É para as garotas", ele costumava dizer quando eu ajeitava sua mecha. "Eu deixo crescer para agradar as garotas. Elas adoram!". Eu ria, toda vez, encantada.

Oito anos mais tarde, Morse morreu no estrangeiro. Já fazia muitos anos que eu não o via, e não estava atualizada sobre seu estado de saúde. Foi difícil para minha mãe. Ele foi um mentor para ela. Lembro-me da ponta do nariz dela, vermelho pelo choro e pela perda. Voamos para Washington D.C., minha irmã e eu, para nos juntarmos a ela, para um evento comemorativo, uns cinco meses após seu falecimento. Falaram muitos homens de terno e gravata na cerimônia que foi sediada numa universidade. Eles trocavam apertos de mão, elogiavam e felicitavam a família pelo legado deixado por Morse. Na sequência, fomos recebidos na velha casa, berço de minhas primeiras aventuras como faxineira e investidas como escritora. A verdade é que eu só recorria à escrita e me sentava com minha mãe e o Morse quando todas as demais possibilidades de lazer haviam sido esgotadas. Não existem vestígios destes escritos de então. Lembro-me, no entanto, de mostrá-los ao Morse, não percebendo que era quando eu me encontrava no máximo do tédio que ele me julgava mais interessante. Escrever era sinônimo de ficar quietinha e, bem, fazer algo do campo intelectual; e ambos fatores o agradavam.

A casa me parecia igual e, no entanto, diferente. O cheiro estava diferente. A escada não tinha mais livros sobre os degraus, a pilha do banheiro não estava mais lá, as caixas do porão estavam fechadas e posicionadas sobre as estantes, as janelas estavam abertas, o lençol que cobria o sofá havia sido retirado, cristais e candelabros tornaram-se visíveis, havia uma televisão – que, para minha surpresa, sempre estivera lá –, um jardim bem-cuidado acolhia as visitas, a geladeira estava repleta. Algo estava fora de lugar, como arquitetura antiga que é modernizada, como uma biblioteca transformada em rede de restaurantes. O elemento sagrado de sua intimidade intelectual; sua falta de cuidado com a aparência das coisas para possíveis hóspedes; uma inclinação que às vezes o obrigou a negligenciar a despensa, a moda e até seus filhos; nada disso estava ali. Seu cheiro não estava ali. Seu carisma. Sua bebida e seu cigarro. Seu senso de humor. Sua perspicácia. Morse não estava. Sua casa estava tomada de hóspedes, mas despida do que a enchia de vida. É estranho. Como ele conseguia povoar todos esses cômodos sozinho.

A festa foi um encontro vivaz que o teria agradado. Havia bebidas e comida caribenha. Sua família estava presente e amável. Não ficamos por muito tempo, mas foi importante para nós. Quatro dias depois, nos calamos diante de nosso televisor – também empoeirado – enquanto se desenrolavam os acontecimentos de 11 de setembro de 2001. Aquele foi um ano de fins e de começos. Eu estava no meu primeiro ano da faculdade de jornalismo, as sementes da mulher que eu viria a ser florescendo não apenas em meu corpo, mas também em minha personalidade – ambos atributos que teriam encantado o Morse, ao menos é o que eu me digo. Eu estava apaixonada, verdadeiramente apaixonada, pela primeira vez. Eu havia perdoado meu pai. Lia de tudo, descobria novos autores, novos sons na música, novos diretores, mudanças em mim mesma e no mundo ao meu redor. Eu já tinha lido *Cem anos de solidão* e sabia de cor a árvore genealógica da família Buendía. "Agora", pensava comigo mesma, satisfeita, "teria sido um ótimo momento para conversar com o Morse." Eu apreciaria seu passo apressado escada acima para encontrar a tal citação. Não digo isso com tristeza nem nostalgia, mas antes com um sentimento de conquista e satisfação. Eu finalmente curtia o Morse e suspeitava que ele também teria me curtido.

Ele foi a primeira pessoa que vi quando cheguei aos Estados Unidos pela primeira vez. Morse foi ao Washington National Airport buscar minha irmã, minha mãe e a mim no seu Honda, um cantinho bem bagunçado do planeta Terra – nada mais que os meios para um fim, algo incontornável, e que ele, portanto, aceitaria e colocaria em prática à sua própria maneira. Com esse carro, ele nos levou de volta a sua casa em Foxhall, onde nos hospedamos por uns dias no último andar da residência de Volta Place. Lembro que fazia muito frio lá em cima, era janeiro e, em nossa primeira manhã, havia neve cobrindo o gramado de frente. Foi mágico para mim e para minha irmã. Morse subiu as escadas lentamente para nos acordar. Isso foi alguns dias antes de Clinton assumir a presidência dos Estados Unidos e de eu ser matriculada na John Eaton Elementary School, em D.C., onde aprendi a jurar a honra à bandeira americana. Alguns meses mais tarde, rascunhava meus primeiros poemas em inglês, ali mesmo na mesa de jantar do Morse, transformada em escritório boêmio. O inglês ia se tornando natural para mim mais depressa do que eu conseguia assimilar.

Só recentemente, dez anos após o falecimento do Morse, recebi a deliciosa tarefa de traduzir sua correspondência com o acadêmico britânico Leslie Bethell para o português – o capítulo de um livro em uma compilação que minha mãe e um amigo seu organizaram para honrar a obra do Morse através do trabalho de outros autores.

Como eu ri. Enfim, senti que entendia seu vocabulário e eloquência e que conseguia captar seu humor e inteligência, sua brincadeira com as palavras, sua imoralidade revigorante e graciosa, sua autoironia. Foi mais que gratificante. Agora, estou trabalhando em uma compilação de artigos seus, ainda inéditos em português, um idioma no qual ele se regozijava e que ele acolheu com tanto carinho em suas incontáveis viagens e estadias no Brasil.

Morse me deu um livro quando eu era criança que está no meu antigo quarto, na casa da minha mãe. Quando lhe mostrei esse livro pela primeira vez, ela admitiu não saber que o Morse havia me dado o volume de presente, e que era de grande valor ter sido presenteada com um livro de sua coleção pessoal. Não apenas isso, mas com o primeiro livro que ele próprio havia ganhado de seu pai, na década de 1920. O pai e a mãe, uma mulher severa, fizeram o pequeno Dickie Morse pular algumas séries na escola, aos 7 anos, para não perder tempo com mentes inferiores. *A children's history of the world*, de V. M. Hiller (diretor da Calvert School, 1924), ainda repousa na prateleira de meu antigo quarto, perto de Gabriel García Márquez e de *O código Morse*, livro que traz a tradução que fiz de sua correspondência.

Quase vinte anos antes, Morse havia sido a primeira pessoa a me falar do código que leva seu nome, vangloriando-se do feito e tentando me ludibriar. Tenho uma foto daquele dia em nossa casa em D.C., que Morse raramente visitava. Entre ajeitar seu cabelo, compartilhar meus restos de poemas infantis, comprar sanduíches com aipo, organizar seus livros e, acima de tudo, receber aquele livro como presente, Morse e eu superamos uma enorme diferença de idade e de culturas e, à nossa maneira própria e respeitosa, nos tornamos amigos. Quase duas décadas mais tarde, ainda descubro fragmentos de memórias que tenho daqueles primeiros anos e novas formas em que Morse influenciou, inspirou e afetou a mim e a minha família. Devaneio que seu olhar sobre as crianças transformou-se com esse nosso encontro. Fantasio que fui eu a criança que o deixou com a pulga atrás da orelha.

Com carinho, em memória de Richard M. Morse
(26 de junho 1922 – 17 de abril 2001)

SEU JUCA

01 • 11 • 2011

– Cê vai voltar, né? – ele pergunta, a voz trêmula. Sua mulher guarda a pilha de roupa lavada e dobrada que está em cima do sofá, tirando-a da vista das visitas, é o que desconfio. Eu olho de volta para ele, noto seus braços buscando algo ou alguém em que se apoiar para ultrapassar o degrau que dá acesso à cozinha. Estamos todos ali, juntos – família e equipe de filmagem. É na cozinha que ele conta sua história.

– Vamos, claro. A gente volta na sexta... lembra que a gente falou de voltar na sexta? – eu falo baixo, oferecendo a ele meu braço para equilíbrio. – Aí na sexta a gente assina.

Abaixo o olhar em direção ao papel que tenho sob o braço direito, o mesmo que está auxiliando-o a sentar-se ao lado da mesa da cozinha. Ele me solta e senta-se.

Seu Juca mora numa casa simples que ele levantou sozinho e tem uma família – mulher, filhos, cunhados, genros, noras e netos –, toda ela ao seu redor, a cada vez que voltamos para uma entrevista. Nos conhecemos três semanas antes do início das filmagens, durante a pré-produção e quando definimos locações, posicionamentos de câmera, datas de retorno com a equipe e as demais pessoas que seriam entrevistadas. Uma professora da cidade nos apontara a direção certa, e assim chegamos a ele.

– Cês vão voltar, né?

– Isso, na sexta.

Ele me encara, em silêncio.

– Não, na sexta não.

E parte o ar com as mãos.

– Ah, tá. Tá bem. Sábado é bom? É melhor?

Todos estão em silêncio.

– Não. Nem sexta nem sábado. Cês vão voltar, né?

Ele queria saber se voltaríamos depois da entrevista, quando acabassem as filmagens.

– Vamos – eu respondo – vamos voltar.

Não sabemos a idade do Seu Juca. Ele é um senhor com uma perna 9cm mais curta que a outra. A esquerda mais curta que a direita. Ele sobreviveu a um tiroteio entre operários e o Exército numa enorme siderúrgica que é o núcleo vivo e pulsante de Ipatinga, Minas Gerais, cidade onde vive. O "Massacre de Ipatinga", como veio a ser conhecido, aconteceu no dia 7 de outubro de 1963. Na época um jovem operário, Seu Juca estava chegando ao trabalho quando alguns colegas protestavam na entrada da usina por melhores condições de trabalho, um desentendimento que havia começado na noite anterior. Para controlar a situação, o Exército foi chamado. Em 1963, não havia Polícia Militar em Ipatinga. Ainda não era uma municipalidade. O confronto saiu do controle, os soldados dispararam e Seu Juca, entre outros, foi atingido.

Interpretações políticas do incidente o ligam ao Golpe Militar que ocorreu seis meses depois, em 1964. E, quatro semanas após o estabelecimento do novo regime, Ipatinga foi emancipada. O número de mortos no massacre é, até hoje, desconhecido. Muitos fugiram e não voltaram mais.

Seu Juca não estava diretamente envolvido no protesto, foi apenas dano colateral. A bala nunca foi removida, e os fragmentos permanecem espalhados entre sua canela e sua coxa. Alguns meses depois, ele até voltou a trabalhar, mas, com o fim do contrato, foi dispensado. Não é exatamente manco. Tem um rebolado particular, como um pirata. Seu caminhar é acompanhado pelo olhar fixo, embora vago, direcionado ao chão um pouco à frente de si. Ele não transparece muita dificuldade no deslocamento pela casa, tampouco quando sobe escadas ou se senta. Ele bate o cabo da vassoura contra o limoeiro na entrada da casa, mas deixa as crianças catarem os limões e levarem para a cozinha.

Até hoje, não se pode dizer que haja comemorações em memória daqueles que sobreviveram ou pereceram no incidente. O sindicato dos metalúrgicos local é uma exceção. Ao longo dos anos, eles tentaram entrar em contato com Seu Juca. Viram nele uma oportunidade, mas Seu Juca não quis parte alguma nisso. Durante nossa filmagem, o sindicato tentou uma nova aproximação, através de nós, mas nos recusamos a intermediar.

– Ninguém nunca veio saber como é que eu tava passando. Nunca falaram que iam ajudar.

Ele vira o corpo e olha para trás. Seguindo seu olhar, vemos a garagem, uma bicicleta encostada contra a parede, escadas que levam ao telhado, tudo em concreto aparente e sem pintura. Ele criou sua família, construiu sua casa e viveu sua vida com uma pensão mínima do Estado.

– Por que que eles aparecem agora? A gente não quer nada com eles não. Não vamos assinar nada. Eles pegam o que precisam, depois não voltam mais não.

Quando voltamos para a entrevista, na sexta, a cozinha está iluminada, e nosso fotógrafo precisa ajustar a luz. Despreocupado, Seu Juca encara a janela onde o sol está refletido. Uma camada bem fina de umidade opaca cobre seus olhos. É discreta, mas visível. Não são lágrimas. Nunca o vi chorar.

– O senhor entende por que a gente precisa da sua assinatura, né? O que o senhor diz é muito valioso pra história que a gente quer contar.

– O que que cês vão fazer com ela?

– A gente vai guardar com a gente.

Ele coça a garganta.

– Fala com a minha mulher.

Mais tarde naquele dia, ligo para a casa dele e repito para ela o que havia dito mais cedo a Seu Juca. Enfatizo que é muito importante que ele assine a autorização.

– Eu vou falar com ele, tá? Aí a gente te liga.

Eu não digo a ela que sem a assinatura dele não podemos usar o material filmado.

No dia em que Seu Juca assina, enfim, os documentos, eu volto sozinha, e ele segura minha mão com força.

Quatorze meses depois desses acontecimentos, Seu Juca morreu. Recebemos a notícia por e-mail, um ano depois de seu falecimento. Fizemos um momento de silêncio. Não foi solene, foi para lembrar. Ele nunca assistiu ao filme depois de pronto. Conseguimos enviar cópias aos demais entrevistados, mas ninguém atendia o telefone na casa do Seu Juca, e não sabíamos ao certo se ainda moravam ali ou se haviam se mudado.

Antes de morrer, Seu Juca recebeu um dinheiro do governo como forma de indenização pelos danos causados, meio século depois do massacre. Nem de perto uma quantia justa, mas ainda assim um acerto de contas, uma conclusão, quem sabe. Ele usou o dinheiro para levar sua mulher a Portugal, onde vive o filho. Ela faleceu pouco depois do retorno ao Brasil, e Seu Juca se foi umas duas semanas mais tarde.

– Por muito tempo, ninguém falava nada, né – ele conta, numa cena que entrou no corte final do filme.

Por 21 anos, o país foi sufocado por uma ditadura militar.

Existe um monumento erigido em Ipatinga para lembrar os acontecimentos daquele dia. Fica no meio de uma avenida movimentada, quatro pistas de cada lado, em frente ao shopping center. É inacessível aos pedestres. Não dá para atravessar nem há onde estacionar. Pouco mais que um marco para localizar o shopping. Levamos Seu Juca lá, no domingo, mas não conseguimos atravessar as pistas. Não com sua perna prejudicada.

– Nem agora ninguém fala nada... esqueceram, né.

Já se passaram mais de dois anos desde que filmamos *Silêncio 63* e outros 48 desde que os eventos que nos levaram a contar essa história ocorreram. Seu Juca morreu há mais de um ano. Temos uma autorização de uso de imagem assinada e guardada em casa e, conforme prometido, estamos guardando-a.

Mas nunca mais voltamos para vê-lo.

ARNALDO E RITA

18 • 02 • 2014

Já faz uns anos, tive um sonho com a Rita Lee. Minha memória de sonhos é ruim, e só tenho fragmentos. Mas recordo-me de encontrar a cantora na fila de um banheiro, em 1963, num show de Jorge Benjor. Era o lançamento do *Samba esquema novo*. Ela ainda era loirinha, sardenta, menina. Eu a reconhecia e me precipitava em sua direção. Não lembro se ela me conhecia ou não, acho que não. Eu lhe disse, na fila do banheiro, que embora ainda não soubesse, ela seria integrante de uma das bandas mais importantes e incríveis do mundo, ao menos do meu. Que eles tocariam em toda parte, que eles revolucionariam o rock nacional e que, dali a alguns anos, gravariam a música que o Jorge Benjor estava tocando lá fora: *Minha menina*. O álbum de '63 é o meu favorito do cantor. E a primeira fase d'Os Mutantes, de 1967, com Ritinha de noivinha, é, sem dúvida, a que eu acho melhor.

Fim de ano me lembrei deles. A Rita faz aniversário dia 31 de dezembro. E, nesse mesmo dia, no ano de 1982, Arnaldo Baptista, seu ex-marido e ex-parceiro musical, tentou acabar com a própria vida, sem sucesso. Eu tinha um mês de vida, e nos cruzamos no meio do caminho. Foi um começo para nós dois.

Arnaldo teve uma sobrevivência miraculosa. Um momento em que a vida não só falou mais alto; ela gritou. Foi uma aposta. E ele foi parar em Juiz de Fora alguns anos depois do incidente. Ele e sua "menina", Lucinha Barbosa, sua companheira há 30 anos. E lá, em minha cidade natal, o velho mutante é figura não raro avistada. No cinema. Em exposições. Caminhando em parques. Vive num sítio perto da casa da minha mãe. Seus quadros são expostos na cidade; suas camisetas, pintadas à mão, vendidas localmente. Eu hoje vivo na cidade natal do Arnaldo, São Paulo, mas só o vejo na terrinha mineira. Nosso ponto de encontro habitual é a praça do bairro, onde nós dois temos uma preferência por caminhar. Ele e sua menina estão sempre lá, sempre juntos. Às vezes, nos falamos, nós três.

Em 2007, o vi em cena pela primeira e última vez. Foi no show d'Os Mutantes, no Rio, que cobri para o jornal local no qual trabalhava na época.

Da plateia, um coro de dez ou vinte de nós, mineiros, gritava "graminha, graminha, graminha", que não é um viva à maconha, mas o nome do bairro onde ele reside em Juiz de Fora. Ele sorriu como criança. E nós também. Tive a oportunidade de entrevistá-lo, tiramos fotos juntos. Ganhei uma camiseta.

Fantasio que meu sonho foi uma forma de intervenção no curso dos acontecimentos. Se eu não tivesse contado à Rita – na fila daquele banheiro onírico, 19 anos antes do meu nascimento – que eles gravariam *Minha menina*, do Benjor, será que eles teriam, ainda assim, gravado a canção? Será que, nos anos 2000, minha banda mineira, duplodeck, faria um cover dessa música – cover, por sua vez, inspirado pela apresentação do Belle and Sebastian no extinto Free Jazz Festival, de 2001, já que a banda escocesa também fez sua versão da baladinha distorcida? Será que o Arnaldo chamaria a Lucinha de "minha menina", como o faz, carinhosamente? Será? Menina ou não menina? Eis a questão. Por que será que foi esse meu único comentário feito à Rita Lee na fila daquele banheiro sessentista? Não tenho as respostas.

Se Arnaldo não tivesse quase morrido em 1982, quando eu nasci, talvez ele já não estivesse mais entre nós. Sua quase morte foi um recomeço. Quando penso no Arnaldo e na Rita, nesse amor e nessa arte – e também na dor e na ruptura –, quem me vem à mente é a Lucinha. A menina. Talvez a mesma da música do Benjor.

Talvez fosse ela a menina do sonho sobre a qual eu falava à Rita no banheiro do show.

O CAMINHO DOS OBJETOS

31 • 08 • 2012

Têm coisas nessa vida que a gente não vende. Só dá. Livros, instrumentos musicais, câmeras de fotografia analógicas e bicicletas são algumas delas. Não há como botar um preço na história. São coisas que aparecem na nossa vida quando precisamos delas e que depois deixamos ir, quando alguém precisa delas mais do que nós. E, quando ganhamos um objeto usado, ele traz consigo uma história que continuamos escrevendo, dali em diante. Me peguei pensando nisso pelo muito que tem se falado em novas ciclovias, promessas eleitorais para uma cidade menos motorizada. Eu, que há pouco virei ciclista em São Paulo e que sempre adorei herdar objetos usados e passar adiante os meus, com critério. E, nesse devaneio, percebi que me lembro de todas as bicicletas que tive. De como chegaram e de como se foram.

A primeira sem rodinhas foi também a última comprada nova, em loja. Foi presente de Natal de 1987, a Caloi Ceci amarelinha. Os anos foram passando, e ela foi ficando. Foi sendo adaptada, aos poucos, a minhas idades que se sucediam. Primeiro tirei a cestinha, depois a carregadeira e, por fim, os dois para-lamas. Subi o selim e o guidão ao máximo. Ficou comigo até não me caber mais. Até quando já não dava mais para ler a marca na lateral do quadro. Nessa bicicleta, virei menina.

Ela seguiu seu caminho quando nos mudamos para os Estados Unidos, e em Washington D.C. apareceu minha única bicicleta com freio de retropedal, do qual não gosto, aliás. Custou US$ 12 num bazar e foi roubada dali a um mês, num bairro tão pacato que eu a deixava jogada na entrada da casa, sem portão. Dela, arremessei jornais nas portas vizinhas com meu amigo, Justin, nas manhãs frias de Maryland. Não tinha marca discernível, mas era uma mini mountain bike, e me senti crescida.

Na sequência, veio a Peugeot(zinha). A favorita. Custou US$ 25 e não tinha marchas. Era pura coxa. Está até hoje em Minas Gerais, negligenciada, porém guardada. A corrente soltou e os pneus esvaziaram, mas não consigo jogá-la fora. Recebi algumas ofertas por seu quadro, um suposto espetáculo da engenharia ciclística, mas nunca cedi. E depois dela, não sei por que, fiquei uns anos sem bicicleta.

Foi só após a faculdade, em Los Angeles, que encontrei a nova magrela: abandonada no meio da rua com o passador quebrado. Era uma Schwinn vintage, vinho, urbana, pneus de pista, para meninas. O selim era duro, e o passador de marchas, no centro do guidão. Um tesouro desprezado. Fiquei com ela até deixar a Califórnia, embora tenha usado-a bem menos do que gostaria – o trânsito lá era selvagem para ciclistas. E, seguindo meu código ético, deixei-a com um amigo.

Em Paris, encontrei outra Peugeot(zinha). Que coisinha linda. Modelo pioneiro de bicicleta dobrável ao meio. Pequena. Branquinha. Farol movido a dínamo na roda. Andei com ela um inverno parisiense completo, exceto nos dias de neve, e com ela fiz compras na feira todos os sábados. Me manteve em forma e afastou a melancolia cinza dos dias curtos. Porque a vida é muito mais gostosa pedalando. E no verão ela se foi, aos poucos, da minha vida. Primeiro, o banco foi roubado, e eu ainda continuei pedalando, em pé. Depois, levaram uma roda; depois, a outra; e, por fim, deixei-a na rua para que levassem o resto. Deixei que voltasse para o mar, como oferenda de fim de noite de Réveillon na Praia de Copacabana. Essa bicicleta me fez muito feliz.

Aí veio a Motobecane. Verde fluorescente, quadro feminino, urbana, veloz e conservadíssima, ela tinha muito potencial, mas não viveu o suficiente para honrá-lo. Só durou um inverno. Achei-a num anúncio online, baratinha, de um senhor francês. Para pedalar, era obrigada a ficar numa pose empinada que eu achava muito profissional. Nem sei se era mesmo, mas me sentia veloz. Foi roubada na frente do meu apartamento. Tive muitas outras coisas roubadas, inúmeras em Paris mesmo. A frustração é a mesma. E o momento da percepção do furto é sempre de violação.

Desencanei um tempo, fiquei desapontada com tantas bicicletas indo assim, antes da hora, e peguei emprestada a de uma amiga, toda empenada, enquanto ela estava no Togo. Depois dela, uma Arcade dobrável teve uma passagem relâmpago por minha vida, sem deixar marcas. Era um fetiche urbano (pequena, dobrável, descolada), mas não gostei. Foi a única que vendi. Não estava numa época boa e talvez fosse meu inferno astral, sei lá. Ela apareceu de forma estranha, e fiquei aliviada quando se foi.

Passei um tempo só na garupa. A holandesa do meu parceiro era alta e confortável, sem marchas. Gosto de pensar que, apesar de sua força física, meu bailar ali atrás também contribuía para nosso fluxo. Porque ser carona requer suingue. E não é todo mundo que sabe soltar o corpo nas curvas e facilitar a inclinação lateral.

O que me traz, enfim, à bicicleta atual. A maior barganha que encontrei em São Paulo. Barata, montada numa garagem sem nome e sem placa, em Pinheiros. Não tem marca, nem garantia. Estamos nos entendendo bem, embora o preço se reflita em sua performance. E São Paulo, ao contrário de Los Angeles e Paris, tem morro. Voltei a subir na coxa e – vai entender – pensei no André. De todas as pessoas que contribuíram para meu equilíbrio progressivo sobre duas rodas, me oferecendo suporte físico e moral quando me faltavam ambos, foi esse amigo de tantos anos da família que me colocou nos eixos.

"Você é uma mulher ou um rato?". Esse era meu mantra aprendendo a andar na Caloi Ceci, aos 5 anos. "É claro que você é uma mulher! Agora, prove!". A aposta era sorridente, e ele me olhava firme nos olhos quando eu tinha medo. Ele acreditava em mim, na mulher que eu ainda não era. Uma confiança que me faltava e que ele podia me dar. E, a partir daquele momento, minha conquista do equilíbrio seria também a dele. Tínhamos um pacto.

Ainda hoje, quando tenho medo, me lembro do André e de sua provocação. E ainda me esforço para honrar aquele olhar. Sei que, hoje, é ele quem precisa encontrar nos meus olhos, em nosso pacto renovado, a força para continuar sendo o homem que me ensinou a não ser um rato. Talvez façamos um novo passeio de bicicleta, agora juntos.

LAVAR ROUPA TODO DIA, QUE ALEGRIA

09 • 11 • 2012

Eu costumo dizer que "não gosto de ler" não é uma afirmação possível. É como "não gosto de comer" ou "não gosto de sexo". Tem oferta para todos os gostos, alguma coisa vai atiçar seu paladar. Da mesma maneira, sempre tem algum tipo de leitura que vai te cativar. Romances russos ou bula de remédio. Filosofia alemã ou classificados. Pornografia ou manual de videocassete. Algo ou alguém vai te interessar. Pois bem, creio que o mesmo vale para o serviço doméstico. E antes que os mais mimados e preguiçosos torçam o nariz, sugiro que ao menos tentem antes de negar. Alguma das tarefas envolvidas no cuidado da casa vai se revelar prazerosa para você. E isso pode dizer algo a seu respeito.

Uma amiga minha, por exemplo, adora tirar pó. Ela tem uma disposição incansável para retirar todos os porta-retratos do móvel da sala, limpar livro por livro da biblioteca, passar óleo de peroba nas prateleiras e recolocar todos os bibelôs na estante. É admirável. Por outro lado, detesta cozinhar. Sua comida é boa, mas ela não acredita, tamanho o desgosto. Há quem goste de limpar as teclas do computador com um cotonete ou quem lave as cortinas a cada vez que sofre uma decepção. Com sorte, na sua casa os residentes terão aptidões distintas. Isso vai evitar conflitos e manter a harmonia. Vocês nunca vão brigar porque ninguém quer tirar o lixo. Na casa compartilhada da minha irmã, o acordo é que ela mata as aranhas e sua amiga, as baratas. Meu pai gosta de cozinhar as carnes, minha madrasta, as guarnições e molhos. E por aí vai.

A beleza disso tudo (e cito minha irmã) é que o trabalho doméstico é infinito e renovável. Imaculado hoje; imundo semana que vem.

Nunca faltará o que fazer num momento de procrastinação. Aqui em São Paulo dizem "varzear", o que achei muito apropriado. Quando algo de extremamente importante precisar ser feito para o trabalho, chegará, enfim, o grande momento de esvaziar aquele guarda-roupa entulhado de malas e caixas de papelão. Somente na hora H da entrega de um documento urgente, aceitaremos encarar a pilha de contas jogadas na gaveta para triar e jogar fora o que não prestar mais. E, quando estivermos quase à porta, saindo atrasados, decidiremos consertar o pé daquela mesa empenada. O serviço doméstico nunca vai te deixar na mão. Conte com ele.

Além disso, ele é democrático. Seu talento, imaginemos, pode residir em resolver pepinos na fiação elétrica, desentupir privadas, comparecer às reuniões de condomínio ou brigar com a provedora de internet pelo telefone. Tenho clareza e convicção de que estes não são os meus, mas precisamos de habilidades complementares para formar um time, não é mesmo? Eu sempre gostei de mexer com água. Lavar louça, limpar o banheiro e cuidar da roupa suja são as minhas funções favoritas. A louça aqui em casa, aliás, foi a única tarefa que em algum momento gerou competição. Quando eu conto isso ninguém acredita, mas é verdade. Sobretudo ao acordar. Deixávamos acumular a louça da noite anterior, propositalmente, para contar com a repetição mecânica e meditativa do ensaboar e enxaguar na manhã seguinte. Na sonolência matinal, essa tarefa cai como uma luva. Ajuda o cérebro a pegar no tranco.

O que não suporto é aspirador de pó. Detesto. O barulho me deixa aflita, e não vejo a hora de acabar para poder desligá-lo. Acabo fazendo malfeito. Lembro-me de um trecho do livro de Amélie Nothomb, chamado *Metafísica dos tubos,* em que ela diz o seguinte: *"L'aspirateur: Il y avait un miracle. L'appareil avalait les réalités matérielles qu'il rencontrait et ils les transformait en inexistence. Il remplaçait le quelque chose par le rien: cette substitution ne pouvait être qu'oeuvre divine"*[4]. Divino ou satânico, o aspirador leva junto a minha paciência e meu bom humor. Pretendo viver toda uma vida usando a vassoura.

A verdade é que tenho para mim que poucas coisas revigoram o espírito e limpam a cabeça como uma bela faxina. Na casa toda. Têm dias para todos os gostos, está claro. Uns são melhores quando diluídos. Uma tarefa por dia. Hoje, a roupa suja; amanhã, o banheiro; depois, as janelas. Mas um domingo de ressaca é o momento ideal para deixar desabrochar a Amélia que existe dentro de todos nós. Após a jornada, estamos cansados, sujos e purificados. E tomamos o banho redentor com a casa cheirosa e o banheiro brilhando.

---

[4] O aspirador: era um milagre. O aparelho engolia realidades materiais que encontrava e as transformava em inexistência. Substituía alguma coisa pelo nada: essa substituição só poderia ser obra divina.

Acendo até um incenso no final. Insisto que vale uma tentativa antes de contratar uma faxineira.

A mais prazerosa e popular das tarefas é cozinhar. Mesmo quem não gosta de faxina pode ter tino para a comida. Na casa de um amigo tem um quadro pendurado ao lado da geladeira que diz assim: "A cozinha é o lugar mais fascinante da casa, o mais coletivo. Um espaço que reúne sobrevivência, prazer, refinamento e civilização". Está lá em Minas. Se um mineiro visitar seu lar, não vai comentar sobre seu sofá novo ou a pintura na parede do quarto com tanto entusiasmo como com o qual irá opinar sobre a cozinha. Pequena ou grande. Bem ou mal iluminada. Arejada. Boa para receber os amigos. E é ali que passará a maior parte do tempo. Não adianta. Já tentei levar os convidados para a sala. Várias vezes. Eles sempre voltam para a cozinha, magnetizados. Dispõem-se ao redor do fogão, cervejas apoiadas na máquina de lavar roupas. Melhor aceitar.

E eu bem que gosto. Para quem está no comando das panelas, é bom ter companhia humana e alcóolica. Mistura da mineira e da italiana que há em mim, adoro dar de comer aos amigos. Mistura de neurótica com procrastinadora, na manhã seguinte vou limpar tudo para curar a ressaca, exorcizar os demônios e evitar algo mais importante. *Procastinare lusitanum est.*

TROCA DE PRESENTES

07 • 12 • 2012

É quase Natal e pensei em minha tia em Los Angeles, que tem a seguinte filosofia: nada diz tanto sobre o futuro promissor ou não de uma relação quanto *1)* a qualidade do sono a dois; e *2)* a troca de presentes. Ela pleiteia que o sucesso de uma união pode estar escrito nos fios do lençol. Que o "felizes para sempre" é, em grande parte, determinado pelo encaixe coreografado da conchinha noturna. E, mais do que isso, o acerto dos presentes é fundamental. Quando o casal acerta e oferece aquilo que o outro desejava, em segredo, alcança um recôncavo íntimo de afeto. Para ela, eis a receita da longevidade de uma relação amorosa. Dormir e presentear.

Fui me rendendo a essa ideia. No Natal de 2009, ganhei uma foto do céu. Um bonequinho de tecido costurado à mão e inspirado no meu bichinho de pelúcia da infância. Um livro de trava-línguas em francês para crianças. Dei um livro de minha biblioteca pessoal. Um cachecol usado. Um pão caseiro. Um manuscrito original rabiscado. Naquele ano, em Paris, propus à minha família adquirida – meus amigos do peito, braços, pernas e fígado – que não gastássemos dinheiro com presentes. O acordo era trocar apenas pertences doados de nosso acervo pessoal ou fabricados manualmente para aquela ocasião. Éramos somente oito, não foi muito complicado. E foi o Natal mais especial até hoje.

A inspiração veio de um conto de Paul Auster, e o gesto ficou. Isso porque eu já tinha uma filosofia que pratico com os demais em função do que acredito que valha para mim. Não gosto de presentear ou de ser presenteada por default. A pressão por uma compra, apenas pela premência da data, me deixa aflita. É arbitrária e rouba o significado de um gesto que deveria ser, sempre, sincero. Presentear é uma forma de amar. Deve ser feito com zelo. Quando alguém que nós amamos erra muito ao nos presentear, podemos sentir-nos mal-lidos, até malquistos. É pessoal. Provavelmente, o outro agiu sem vontade, comprou sem tesão. Um erro. Para acertar é preciso tempo. Degustação. Algo que melhora com a intimidade. E só muito de vez em quando acontece naturalmente, à primeira vista.

Há cerca de 5 anos, comecei a cortar pertences na vida. Fruto de muita mudança. Muita mala feita. Muita coisa perdida, ou deixada para trás, com e sem remorsos. Da transição de um armário inteiro para uma única porta de guarda-roupas. Fui me desapegando das coisas extras. E preferindo ter apenas o que me fosse necessário, pois o supérfluo, cedo ou tarde, acabava abandonado na casa de alguém, quando a mala seguinte não fechava. Acostumei-me aos espaços pequenos, junto com o jetlag. E, mais do que nunca, desenvolvi apreço pelos presentes bem-dados. Os certeiros. Aqueles que eu não deixo, nunca, para trás.

E, desses, não me desfaço facilmente. Meus amigos riem de mim. Sempre com a mesma bota. A mesma bolsa. O relógio de 10 anos. Dou livros rabiscados de presente. Nunca acho que é hora de jogar algo fora. Que dá para remodelar, recauchutar, bricolar. E acho que sempre fui assim. Chegada a coisas usadas, precedidas de história, iniciadas lá atrás. Prefiro isso ao objeto novo, imaculado e desencarnado. Quando dou um pertence meu a alguém, ele naturalmente segue com uma parte minha, um pedacinho que não cabe num postal, que não vende no shopping. E aviso logo: não dou garantia de três meses; só vitalícia.

Porque presente bom não acaba, se desdobra em outros, gera vida. Uma viagem. Uma música. Uma visita. Um ingresso para um show inesquecível. Uma carta. O presente mais certeiro que eu já recebi foi uma câmera de fotografia Canon-AE1, faz quatro anos. Mudou meu jeito de olhar as coisas ao meu redor. Não há gratidão prevista para isso. E foi um desses à primeira vista, sem ensaio. Nunca foi deixada para trás. Replica-se. É um pedacinho de vida, uma porção de alguém. E foi, realmente, precedida de uma conchinha perfeita.

PETIT SANTÔS

19 • 10 • 2012

Semana passada, voei pela primeira vez na Emirates Airlines, o George V da aviação. A nécessaire de bordo traz amostras da Bulgari. Pode-se usar o iPhone durante o voo. O cockpit-assento-cama tem colchonete para amaciar o sono e a vida, aberto em 180º completos. As refeições são servidas em louça. A bebida é liberada. Os comissários, adoráveis. O teto é mais alto, e o piloto, exímio. Só não pode fumar. Nunca fui tão bem tratada no ar, quiçá na terra. Foram 14 horas de voo até Dubai; 12 de sono. Eu já vinha pensando em escrever sobre o aviador mineiro diante da data comemorativa de 106 anos do voo do 14-bis. E as coincidências me levaram à Índia, de Emirates, justo a tempo.

No dia 23 de outubro de 1906, Santos Dumont realizou o primeiro voo público da história em um objeto mais pesado que o ar com propulsão própria. Ou seja, decolou e pousou por meios próprios; não foi um salto de asa-delta/planador, foi realmente uma decolagem. Ele fez isso no Campo de Bagatelle, em Paris. Foi um voo curtinho. Ele percorreu 60m em 7 segundos, a 2m de altura do solo, numa geringonça de 290kg, com motorzinho de 5 cavalos. Levou 3 mil francos na época. Fez história.

Santos Dumont era mineiro. De uma cidade ao lado da minha. Hoje, o lugar leva seu nome, e a casa onde ele nasceu – e que mais tarde veio a comprar – é o Museu do Cabangu. Nasceu ali, mas cresceu no interior de São Paulo e passou grande parte da vida adulta em Paris. Quando abandonou a aviação, desgostoso, voltou para o Brasil e comprou a propriedade mineira, onde começou a criar gado holandês. E, no fim, morreu no Guarujá, três dias após seu aniversário de 59 anos. Não viu a guerra. Nem a *luftwaffe*, os mísseis, a Endeavor e muito menos a Emirates. Cabeça aberta e curioso quando jovem, apaixonado pelas descobertas, Santos Dumont, com o tempo, virou um recluso, amargurou-se. Suspeito que não gostaria do spa aéreo em que se transformou a aviação de luxo. Seu interesse pelas aeronaves talvez acabasse ali com os B-52's. Vai saber.

Em 2006, colaborei com a pesquisa e redação do livro *Santos Dumont: retorno às origens – a vida do pai da aviação em sua terra natal*, de Isabel Pequeno e Sergio Bara, grandes amigos e colegas de trabalho. Um apanhado de fotografias, cartas, objetos pessoais e relatos até então inéditos, cujos cuidados estão nas mãos da Fundação Casa de Cabangu, detentora de um rico acervo.

Entreguei as últimas páginas do livro e, ainda naquele mesmo ano do centenário do voo do 14-bis, fui a Paris. Era minha primeira vez. E fui pautada para escrever uma matéria sobre a data do 23 de outubro. Virou um roteiro de viagem à Paris do petit Santôs. Texto e imagens contrapunham a cidade de então com a de hoje, de maneira biográfica. O Campo de Bagatelle; o Musée de l'Air et de l'Espace no Aéroport du Bourget – onde está a réplica do simpático aviãozinho e de outros modelos, como o Demoiselle –; a Villa Santos Dumont; o edifício onde ele viveu no 17ème arrondissement; o hotel atrás da Torre Eiffel, onde caiu com seu dirigível; a Maison Cartier, na Champs-Élysées, onde ainda residem amostras de uma edição limitada do relógio de pulso desenhado sob encomenda pela grife para o aviador. O primeiro relógio de pulso da história. São muitas as histórias.

A matéria saiu, mas Paris ficou. Ainda voltei muitas vezes, até me mudar para lá. Hoje, a cidade é outra no meu imaginário; o carinho é maior. No entanto, fica sempre uma lembrança bonita daquela primeira vez, daquele primeiro amor, da descoberta de suas esquinas enviesadas com a aviação mineira. Atenta às coincidências e ao acaso, foi numa dessas que fui parar na casa de mais um mineiro em Paris, que me acolheu e me fotografou. Sua família era de Santos Dumont. Não pude ignorar. Chamei-o para a pauta, e ele aceitou.

Entrou para a matéria e para a minha vida. Porque o sentido das coisas somos nós que atribuímos. Sinais só existem quando percebidos. Para ganharem vida, devem ligar-se às pessoas e a suas histórias. Só assim cabem, numa mesma crônica, a Índia, a Emirates e a Paris de Santos Dumont.

GEORGE WHITMAN

14 • 12 • 2012

A primeira vez em que ouvi falar da livraria Shakespeare and Company foi quando ganhei *Um livro por dia*, do canadense Jeremy Mercer. Minha irmã me mandou por correio, presente de Natal ou aniversário. Eu já tinha estado em Paris mais de uma vez, mas nunca soubera da existência da livraria até então. E foi exatamente na mesma época em que visitei, com minha irmã e pela primeira vez, a livraria City Lights, em São Francisco. Não sabia que se tratava de livrarias irmãs. Que Lawrence Ferlinghetti, mecenas incontornável dos meus adorados beats e fundador da City Lights, havia sido hóspede da S&Co., de George Whitman.

Hoje, 14 de dezembro, faz um ano que George morreu. Está enterrado no Cemitério de Père Lachaise. E, se estivesse vivo, teria completado 99 anos anteontem, no dia 12 de dezembro. Generoso, excêntrico, visionário, mal-humorado, rigoroso e amado, ele deixou um legado de pessoas, histórias, livros e inspiração. Em qualquer dia do ano, a qualquer hora do dia, dezenas de visitantes, turistas e admiradores rondam a livraria desse americano que se estabeleceu em Paris nos anos 1950 e por lá ficou. Muitos tiram fotos; alguns compram um exemplar carimbado com o selo legendário. Até roubam. Garotos de veludo cotelê aspirantes a dândi fazem cara de intelectuais entre as estantes e fumam cigarrinhos de enrolar no banco em frente. Bandas se apresentam na porta da livraria; festivais de literatura acontecem ali na calçada todos os verões e o estabelecimento empilhado de livros de forma desordenada abre todos os dias até as 23h. Os funcionários são todos *tumbleweeds*, escritores-residentes seminômades.

Devorei o livro de Mercer, que conta um pouco da história de fundação até o presente e, nessa época, iniciei um novo ciclo de fantasias na minha vida. Poucas coisas são tão prazerosas como receber de presente um novo pacote de sonhos. É como se apaixonar por alguém. E eu passei a sonhar em morar entre as estantes empoeiradas da livraria. Virar a favorita de Whitman. Ler um livro por dia. E escrever dentro do cubículo do escritor, um pequeno compartimento com uma máquina de escrever, uma cadeira e um cinzeiro. Não me lembro exatamente da primeira vez em que fui à livraria, é curioso. Mas me lembro com nitidez do dia em que minha vida se ligou à dela.

Eu estava levando meu melhor amigo para conhecer aquele paraíso com cheiro de guardado. Era um dia curto e cinza de dezembro, perto do Réveillon. Alguém tocava piano na sala de cima, onde as camas, durante o dia, viram pousos para os leitores visitantes. Sobre a porta, o mote e epitáfio daquele templo nos recebia: *Be not inhospitable to strangers, lest they be angels in disguise* [5]. E entre as paredes estreitas que se afunilam dos lados da escada íngreme – entre anúncios de tradutores, redatores, apartamentos para alugar, *baby-sitters* bilíngues e aulas de inglês – uma folha ofício pregada dizia "Ateliê de Escritores, todas as terças, às 19h, inscrições por e-mail". Arranquei a folha para mim.

Frequentei o ateliê por quase dois anos. Todas as terças à noite. Perdi uma ou duas sessões apenas. Descia de bicicleta de casa até lá, mesmo no frio alfinetante de fevereiro. O grupo tinha sempre entre 10 e 15 pessoas, e uma inglesa (e hoje amiga) nos coordenava, mediando o bando de escritores. A maioria amadores; raros com publicações. Poucos, como eu, eram assíduos. Encadeavam um pacote de dois meses atrás do outro. A maioria vinha uma só vez. Muitos intercambistas, passantes, gente que estava ali só por uma temporada, curiosos e outros tantos perdidos. Paris está sempre repleta destes. O público da livraria, desavisado, subia regularmente ao quarto de estudos onde nos reuníamos, sem saber do que se tratava. Assistiam-nos, ouviam-nos.

Paredes de livros nos rodeavam em frente ao Sena, do chão torto ao teto baixo com vigas de madeira. A parede desnivelada. A janela fria voltada para a Catedral de Notre Dame, logo ali do outro lado do rio, gelada e sem vedação. O vento de inverno passava fininho e cortante pela fresta. Sempre me sentava ali, no parapeito daquela janela, escrevendo sobre uma mesa cujo pé quebrado foi substituído por uma pilha de livros grossos e de capa dura. De um lado meu, um banco comprido onde quase dez pessoas se espremiam, pernas contra pernas, bloquinhos e canetas à mão. À minha frente, outro banco, só que menor. E do meu outro lado, duas grandes

---

[5] Não seja inóspito com estranhos sob pena de serem anjos disfarçados.

poltronas na frente da porta que dá acesso ao corredor privado do prédio 37 rue de la Bûcherie.

Por ali acessava-se o quarto de George Whitman. Nunca o vi na livraria, mas sabia que estava do outro lado daquela porta. Certa vez usei o banheiro de seu aposento, mas ele não estava. E nos raros dias em que a livraria não estava aberta até tarde, subíamos por essa lateral. No interfone, lia-se "Whitman" ao lado de "Antiquarium", o anexo da loja com obras raras e, à noite, suíte presidencial de um *tumbleweed* afortunado. Meu coração acelerava um pouquinho. Toda vez. Era a antecipação de cruzar com ele na escada. Mas nunca o vi lá. Já estava bem velhinho nessa época, não fazia mais chá e panquecas de café da manhã para quem aparecesse no domingo. Sua filha, sim. Passava algumas vezes. Tem a mesma idade que eu. E nos deixava usar o espaço gratuitamente. Sempre foi assim.

As regras do ateliê eram poucas e claras. Escrever. Mexer no texto. Ler em voz alta. Criticar e receber críticas. Tornamo-nos amigos. Compartilhar textos é sempre um ato íntimo, pessoal. E aprendi sobre meus colegas de maneira lenta e progressiva. Conto por conto. Uma australiana. Duas americanas. Uma chilena. Um escocês. Um galês. Tantas histórias. No início desse ano de 2012, nossos contos foram publicados numa antologia de autores do ateliê intitulada *Vignettes & postcards*. Perdi o lançamento, mas penso na S&Co. com religiosidade e afeto. No cheiro de livro com madeira. Na vista para a Notre Dame. Nos amigos e nas confidências. No que aquilo foi na vida de todos nós, no que ainda é. Faço parte de uma história da qual me orgulho.

Hoje, portanto, agradeço, de longe, à generosidade deste comparsa sagitariano. À de sua família. À importância inestimável que todos ali tiveram na minha vida. E a conquista mais valiosa, que levarei comigo, é a descoberta de que deveria escrever. De que não poderia não escrever. De achar um fim para esse tormento. Assumir isso para mim foi um parto. Demorou. Doeu. Confundiu. Levou a lágrimas e alguns porres. Mas, por fim, aliviou. No meu último dia de ateliê, um dia apenas antes de retornar ao Brasil definitivamente, chorei pela despedida e pelo presente que foi aquele lugar, aquela experiência. Mas, sobretudo, porque não era mais a mesma pessoa. E tudo porque George decidiu confiar em estranhos.

O CHEIRO DAS BALEIAS

14 • 09 • 2012

No final do feriado, voltando para São Paulo de ônibus, vi muitas queimadas na beira da estrada. Uma atrás da outra. Algumas erráticas, como é da natureza do fogo que se alastra; outras ordenadas, desenhando linhas que entregam a intenção por trás daquele ato de devastação. Por vezes sentimos o calor das labaredas; ouvimos seus estalos. O fogo dá medo e fascina. Não dá para saber quando ele já ultrapassou o ponto de controle e quando ainda dá para se evitar uma catástrofe.

Olhando pela janela do ônibus na madrugada, fui levada, sem meu consentimento, à Califórnia, onde as temporadas de queimadas costumam durar uma boa parte do verão. O fogo se alastra por hectares e pelas semanas. Morei em Los Angeles, mas de lá não via o fogo, somente seu rastro. Fuligem. A poeira cinza sobre os carros. O ar turvo, irrespirável. O calor não arrefece à noite, e as madrugadas de 35°C acontecem mais de uma vez. Não há umidade, a garganta seca, os olhos se irritam. O mundo parece arder sob o céu, e o pôr-do-sol neste inferno é de uma beleza marciana: detrás das nuvens espessas, o sol, vermelho, incandescente. Seu contorno circular através do filtro de fumaça é nítido como se fosse feito a pinceladas.

No verão de 2008, viajei para São Francisco de carro pela PCH – *Pacific Coast Highway*, ou simplesmente *Highway 1*. A paisagem muda gradualmente do deserto "angeleno" para a umidade enevoada da baía. Entre eles, vinícolas, litoral e as colinas amareladas de San Luis Obispo, entremeadas por bosques de um verde mais intenso. Da estrada, vê-se o castelo de William Randolph Hearst, o magnata das comunicações americanas, inspiração para *Cidadão Kane,* de Orson Welles. O caminho pela costa contorna a barriga litorânea que se insinua sobre o Pacífico. Ali no meio, estreita e tortuosa, a estrada se espreme em uma beleza só sua, tão distinta da que vemos nos trópicos.

Com a proximidade de Big Sur, surgem rochas monumentais nas praias. No som do carro, Beatles. Do outro lado da pista, a borda de Los Padres National Forest. As queimadas corriam paralelas, pelo interior do parque, longe do meu olhar, mas pintando o céu de laranja, num entardecer que eu insisto em não esquecer. O calor era abrasivo. E o caminho foi interrompido. Sem forma de prosseguir ou contornar, só pude voltar atrás. Mais de 200km até a última parada avistada. Cheguei junto com os últimos raios de sol daquele dia de junho, os mesmos que confundem motoristas no lusco-fusco.

O frentista se orgulhou ao encher o tanque do meu carro com "a gasolina mais cara da América", foram suas palavras. Atrás dele, um restaurante e uma pousada, simpáticos, embora ordinários, davam o tom de raridade daquela parada: preços exorbitantes. Não havia muita gente passando por ali. Não era rota para lugar algum. E passei uma noite no quarto, lá no alto, empoleirado sobre o restaurante. Abaixo deles, a estrada e logo o Pacífico, ao infinito. Cada um a poucos metros do seguinte. *Whale Watchers Café*, dizia a placa. Nas épocas certas do ano, os turistas mais informados que eu sabiam que aquele era um ponto privilegiado para observação da migração sazonal de baleias.

Senti-me afortunada. Queria chegar a Big Sur, conhecer mais um lugar por onde passou Jack Kerouac. Mas no meio do caminho havia fogo e baleias. Nem liguei de não ser temporada de migração, só de queimadas mesmo. Já estava ali, senti que ali deveria estar. Da minha janela, olhei o mar durante a noite, e na manhã seguinte contornei a floresta por Paso Robles, antes de voltar a rumar norte. Nunca mais ouvi falar desse lugar. Nunca mais paguei US$ 6 pelo galão de gasolina.

Cada um tem a *madeleine* que merece. Para Proust, foi o bolinho que o transportou à infância. Para Hearst, o cidadão Kane, foi o trenó, *Rosebud*. *"The more you remember something, the less accurate the memory becomes (...) If you prevent the memory from changing, it ceases to exist"*[6], li esses dias no livro de Jonah Lehrer, *Proust foi um neurocientista*.

Aquela foi a mais bela viagem de carro que já fiz. Ou então é minha memória, danada, que me prega peças. Que não me corta quando embelezo certos pontos e omito outros. Que me deixa mentir, criar, inventar. Lembranças são sorrateiras, nos tomam de assalto. Às vezes, até com cheiro

[6] Quanto mais você recorda, menos precisa se torna a memória (...) Se você impedir a mudança de uma lembrança, ela deixa de existir.

de madeira queimada. Outras com *Two of us*, dos Beatles. *"You and I have memories, longer than the road that stretches out ahead"* [7]. Numa travessia à beira-mar em que deu tempo de retroceder e contornar as chamas, estranhamente, eu andava para frente. E não andava só.

[7] Eu e você temos memórias mais longas que a estrada que se estende à nossa frente.

DIGA-ME COM QUEM, EM QUE E QUE HORAS ANDAS EM LOS ANGELES

outubro • 2008

Uma vez vi o sociólogo Roberto da Matta falando sobre a sociologia por trás do comportamento dos motoristas. Ele falava da nossa agressividade ao volante, do sentimento de poder dentro daquela máquina blindada, de como só brasileiro mesmo que acelera o carro quando vê um sinal amarelo e um pedestre ameaçando pisar a faixa listrada. Achei a analogia muito boa e, quando saí dali, passei imediatamente a reparar no meu comportamento, e no dos demais, quando dentro de nossos veículos. E isso ficou comigo.

Agora vivo em Los Angeles, onde as leis de trânsito são semelhantes, mas o *pathos* por trás da analogia de Roberto da Matta é completamente diferente. Diga-me com quem andas que eu te direi quem és, assim segue o ditado. Em dialeto "angeleno" (o habitante de Los Angeles), adaptamos para diga-me *em que* andas que eu te direi quem és. Em pouco tempo aqui, me lembrei também da observação do personagem negro do filme *Crash*, de Paul Haggis e vencedor do Oscar, sobre o transporte público: os ônibus, à noite, andam com as luzes internas acesas, segundo o cara do filme, para humilhar quem anda dentro, expondo o negro, o latino, o imigrante, a minoria.

Na época, embora conhecesse bem a segregação racial nos Estados Unidos, achei curioso. Os países europeus se orgulham de seus sistemas de transportes públicos. Não ter um carro em Londres ou Paris não é uma vergonha, é um luxo. Significa que você vive em uma cidade onde o serviço de transportes tem qualidade, segurança e cobertura. Você não se preocupa com seguro do carro, estacionamento, dirigir bêbado, manutenção – que libertação. O Brasil se diz apaixonado por carros, mas também é mais ou menos como na Europa. Na hora de alugar um imóvel, pesa muito a distância da estação de metrô ou do ponto de ônibus.

À exceção de Nova York, os Estados Unidos são uma terra de carros. A cultura automobilística é fortíssima. Mas nunca havia visto nada parecido com Los Angeles. Para começar, o metrô é uma piada, pior que o do Rio antes de ser expandido. E Los Angeles, me permito a comparação, é tipo Brasília. Um lugar visivelmente diferente do resto do país e que divide as opiniões com veemência: uns amam, outros detestam. E os carros têm papel importantíssimo nessas reações.

Com frequência, os amigos do Brasil me perguntam se moro perto da praia. Normal, afinal, faz parte do imaginário da cidade das estrelas: Malibu, "garota eu vou para a Califórnia", e por aí vai. Respondo com dúvida. Em termos brasileiros, estou longe, pelo menos 20 minutos de carro (sem trânsito), nem sei calcular a que distância a pé. Em escala americana, vivo à beira-mar. Para entender, olhe um mapa da área metropolitana da cidade e veja a expansão. Uma linha imaginária divide a cidade em Leste e Oeste, assunto para outra coluna, e como habitante do Oeste, sou, para eles, da praia.

Os 20 minutos a que me referi acima são muito interessantes. Por aqui, ouvimos muito que quaisquer dois pontos de Los Angeles estão a 20 minutos de distância entre si (sem trânsito). O que é verdade, pois com as super freeways construídas sobre a cidade, você potencialmente voaria de uma extremidade à outra. Mas a gente sempre coloca essa informação no final, sem trânsito entre parênteses, como se ela fosse um detalhe. Até parece. É a regra, praticamente um toque de recolher! Com ou sem previsão, esses 20 minutos podem virar duas horas e dizem mais sobre seu comportamento aqui do que seu dinheiro, sua raça, sua classe social. Pobres e ricos, Britney Spears, Angelina Jolie e eu: somos todos reféns do trânsito. Diga-me *a que horas* andas que eu te direi quem és. Por que acha que Lindsay Lohan só é pega de madrugada voando acima do limite de velocidade em sua caminhonete? Voar de dia, só de avião ou helicóptero.

Algumas dessas dicas são leis. Idas ao cinema são marcadas com semanas de antecedência, nunca se sai de casa sem uma breve pesquisa no Google Maps se você não tiver um GPS, só para ter certeza de que sabemos aonde vamos e de que se chega a algum lugar naquela hora, e nunca programe mais de uma coisa no mesmo dia. Das 6h às 9h, engarrafamento. Sem dúvida, em todas as direções. Uma breve janela de horinhas nos permite vislumbrar como seria lindo se o fluxo de carros fosse 15 vezes menor. Às 14h, 14h30, complica de novo. Daí vai até umas 19h. Sexta-feira: trânsito o dia inteiro, ainda não entendi por que. Sábado e Domingo, formigueiro humano no sentido da praia e um maravilhoso deserto no restante.

Já dizia Caetano que cada um sabe a dor e a delícia de ser o que é. Uma conhecida certa vez me apontou que o maior orgulho do angeleno é a *Interstate 405, a San Diego Freeway,* que corta a cidade de Norte a Sul, perto do mar. Muitas outras cortam a cidade além da *405*: a *10 (Santa Monica),* a *110 (Harbor)*, a *101 (Hollywood)*, para citar as mais centrais. São a padaria da esquina. Todos os dias as vemos, são nossas referências, e as apontamos com orgulho ao visitante: "olha a *405*!". Encucado, com certeza, ele se pergunta: "e daí?". Eu também me fazia essa pergunta quando cheguei aqui, mas, lentamente, sem me dar conta, a *405* foi virando para mim o que é para eles: nossa maior dor e estranhamente nossa secreta delícia. Nesta terra de bens descartáveis e de pouca beleza arquitetônica, as freeways são o maior símbolo da vontade humana, que transformou um deserto sem rios em cidade. Mais que a praia ou Hollywood, o "angeleno" se orgulha de suas estradas. E só o tempo ajuda a entender.

INDEPENDÊNCIA OU MORSE?

07 • 09 • 2012

Não sou muito ligada a datas comemorativas. E sou particularmente desinteressada por celebrações de 7 de setembro. Não me lembro de jamais ter assistido a uma parada militar. Vai ver me falta uma relação afetiva com os feriados, pois o único do qual me lembro vividamente é o 7 de setembro de 2001, em Washington D.C. As universidades federais brasileiras estavam em greve e eu, no segundo período de jornalismo, decidi tirar um período sabático para visitar minha mãe nos Estados Unidos. O imperativo maior, contudo, foi o Morse. Por causa dele, passamos o 11 de setembro na capital. Eu e minha irmã, que ainda estava no colégio. E, graças a ela, seis meses atrás, conheci Matthew Shirts.

Naquele Dia da Independência, amigos e familiares de Richard M. Morse se reuniram na universidade e depois em sua antiga residência para celebrar sua vida e obra. O ilustre professor e mestre havia falecido em abril daquele mesmo ano, deixando saudades. Morse foi orientador de doutorado e grande mentor intelectual da minha mãe. Era um respeitado brasilianista: um gringo que estuda o Brasil. Escreveu, dentre outros assuntos, sobre a cidade de São Paulo, que hoje chamo de lar. Era amigo de uma turminha fascinante: Antonio Candido, Sérgio Buarque de Holanda, Octavio Paz, para citar os indiscutíveis. E, em 1992, persuadiu, sem grandes esforços, minha mãe a pesquisar a América sob sua tutela.

Essa é a história de como nós três – eu, minha mãe e minha irmã – fomos para D.C. pela primeira vez. E passados quase 20 anos desde aquela viagem e 11 de sua partida, as piadas do professor ainda recheiam nossas conversas mais animadas, um de seus manuscritos originais repousa no escritório da minha mãe em Minas e a "máfia do Morse" segue ativa.

A expressão não é minha, é do meu chefe. "Quem é esse cara?", foi o que perguntei, anos atrás, apontando o nome dele no verso de uma caneca misteriosa que residia no armário da cozinha da minha casa. "Um amigo do Morse, que mora aqui no Brasil. Ele me pediu para entregar a caneca, mas nunca encontrei com o Matthew. Ele mora em São Paulo", minha mãe respondeu. A caneca foi ficando; certa vez caiu no chão e não quebrou. Até que foi a vez de a minha irmã aparecer com o desdobramento da pergunta. "Mãe, você conhece o Matthew Shirts?", ela perguntou, olhando a mesma caneca. "Vi ele uma vez só". "Mãe, ele é o editor-chefe da *National Geographic Brasil!*"

É claro que ela sabia quem era o cara da caneca. Minha irmã começou a ler cedo – e lia muito. Sua biblioteca da primeira infância era composta de revistas da *Turma da Mônica*, relíquias hoje empoeiradas em caixas de leite. O passo seguinte foram as revistas *National Geographic* – algumas datando da época em que ainda se chamava *Geográfica Universal*, da coleção do meu avô. As linhas amarelas que emolduram a capa formavam um portal para o futuro fantástico em que ela faria descobertas fósseis na África e usaria roupas cáqui em acampamentos científicos. Porque, para ela, não era só uma revista, era um sonho. O sonho de se tornar paleontóloga, uma cientista.

Quando me mudei para São Paulo, o Matthew foi a primeira pessoa que procurei. Porque aquela caneca pedia fechamento, ou quem sabe continuidade. "Tenho algo que te pertence", eu disse a ele sorrindo, "e acredito que temos um amigo em comum." Dois dias depois, ele me ofereceu trabalho. Aceitei. E agora o vejo todos os dias na redação. Ele e a caneca, que descansa em sua mesa. A "máfia do Morse" é coisa dele. E no final de junho, nós, mafiosos, jantamos juntos na Vila Madalena.

Eu não sonhava em ser cientista como minha irmã, mas me deliciava com histórias. Com as narrativas que os encontros contam; os pontos invisíveis que ligam episódios. Porque, como disse Proust, "cada memória é inseparável do momento em que é recordada". Sem Morse, eu não me lembraria de nenhum 7 setembro. Sem minha irmã, não conheceria Matthew. E, sem eles, a caneca branca não daria uma história.

SAUDADES DO AEROPORTO DA SERRINHA

03 • 08 • 2012

Adoro turbulências durante o voo. O trepidar lembra um ônibus da Cometa e aumenta minhas chances de adormecer a bordo. Já que voar é entediante e incômodo, aceito todas as formas de torná-lo mais interessante. Ali onde uns sentem medo, eu sinto presença de vida. Que venham as turbulências. E em meu histórico aeronáutico, o voo mais interessante que já fiz foi o Paris-Cotonou, no Benim, com escala em Trípoli, na Líbia, pela Afriqiyah Airways. Não pelas turbulências. Os comissários de bordo fumavam ao lado do banheiro durante o voo, por exemplo. Os passageiros também fumavam no desembarque, antes mesmo de deixarmos aquele tubo que conecta a aeronave ao prédio. No Aeroporto Internacional de Cotonou, o desembarque acontece na pista, e as malas são levadas, lado a lado conosco, até o saguão interno, onde são manualmente colocadas sobre a esteira. Um lugar onde ainda sobra espaço para a acomodação e acordo pessoal.

Para entrar no país, o governo do Benim pede um visto e a cartela de vacinação carimbada no campo "febre amarela", e eu tinha ambos. Mas, que mancada, esqueci a cartela em Paris e avisei ao oficial de saúde que veio pedi-la, vestido com um jaleco branco, semiaberto, sem camiseta por baixo e com uma máscara de cirurgião em volta do pescoço. Ele me levou até uma salinha e fechou a porta. "Quando vencia a vacina?", perguntou, sentando-se à mesa vazia. "Ano que vem", me expliquei, "tomei faz quase dez anos, mas ainda está valendo." Ele dispensou meu comentário e seguiu com outra pergunta naquele simpático francês com sotaque africano. "Era só contra febre amarela?". "Era", respondi. Ele acenou com a cabeça para a cadeira ao lado, onde me sentei, e tirou uma cartela novinha da gaveta. Preencheu-a com os dados do meu passaporte, carimbou-a com o selo oficial do Ministério da Saúde local e me pediu 10 euros. Eu paguei.

Este prólogo foi só para contextualizar minha memória desse voo e desse aeroporto, porque pensei neles na semana passada, quando cheguei em Juiz de Fora, Minas Gerais, de avião. Foi a primeira vez na vida em que aterrissei no Aeroporto da Serrinha, ou Francisco Álvares de Assis, até recentemente o único da minha cidade natal. Foi também meu primeiro voo num avião com asas acima das janelas, desses que vemos em filmes com Humphrey Bogart e Audrey Hepburn. Muito estáveis, aliás. O Aeroporto da Serrinha é uma simpatia. É tão pequeno que faz pouco separaram a área de embarque da de desembarque. Os funcionários do check-in são os mesmos que buscam nossas malas no avião, e alguns amigos meus tornaram-se pilotos treinados ali, no aeroclube.

Quando eu era criança, frequentava o restaurante anexo com minha família por causa do parquinho. Isso muito antes de eu andar num avião. Uma grade móvel, dessas que vemos na frente de palcos de shows em exposições agropecuárias, separava o parquinho da pista de pouso. E os voos panorâmicos de teco-teco até hoje são uma opção legal para os amigos que visitam pela primeira vez a região, pois de cima vemos o mar de morros que abraça a cidade e se estende ao horizonte. É bonito.

O voo do Aeroporto Internacional de Guarulhos, em São Paulo, ao Aeroporto da Serrinha foi lindo. Gostei muito. Foi só na manhã seguinte que fiquei sabendo do acidente que matou oito pessoas ali ao lado. Conheço muitas pessoas que vivem na região. Meu próprio avô deixou terrenos de herança aos quatro filhos, dentre eles minha mãe, logo depois do morro, da colina, onde fica a curta pista de pouso do Serrinha. O local é famoso pela serração baixa e pela má visibilidade, e o pequeno avião nem atingiu a pista, caindo dentro da pousada da família de um amigo meu, local que eu frequentei, semanalmente, por algum tempo. Nossa banda, duplodeck, ensaiava ali, num quartinho anexo à pousada, todos os sábados à tarde. Os aviões que passavam rasantes para pousar eram frequentes, e a vibração que provocavam era, por vezes, grande. A quadra de futebol era ponto de encontro dos "caras" da faculdade terças à noite, e o caramanchão, a 200m da curta pista e arrancado do chão pelo bimotor acidentado, foi altar de casamentos de amigos.

O acidente me deixou pensando nessas coincidências e nas minhas memórias associadas ao Aeroporto da Serrinha quando decolei, dois dias depois, de volta para São Paulo. É um daqueles lugares onde o "sistemão" do mundo ainda não chegou direito. Existe um elemento orgânico, onde o caso-a-caso ainda impera e que, pensado dentro de nosso cotidiano corporativizado, faz dele um oásis de bom senso, como o voo da Afriqiyah Airways para o Benim. Onde ainda vemos os indivíduos e as exceções caberem na regra.

Lembrei-me dos amigos pilotos, voos panorâmicos, ensaios ao som de decolagem, parquinho com minha irmã e, sobretudo, na fotografia que tirei ali no meio da pista, aos 7 anos quase completos, ao lado do então candidato à presidência da república, Luiz Inácio Lula da Silva, em novembro de 1989. Essa fotografia ainda decora a casa da minha família e a dos pais de uma amiga de infância: nela, nós duas, penduradas no pescoço do ex-presidente. Ela está ao lado de outra, também tirada ali, agora em setembro de 1998, quando nós duas compactuamos com os seguranças do aeroporto e líderes do PT, que tentavam evitar que a multidão de eleitores invadisse o pequeno saguão. Atravessamos a brecha na porta e na vida e nos precipitamos em meio aos flashs dos fotojornalistas, onde empunhamos a foto de 1989, a marca própria da passagem do tempo, e ladeamos o candidato Lula, à espera dos cliques. Demorou, mas conseguimos cópias da foto que saiu, enorme, no Estado de Minas.

Quatorze anos depois deste dia, Lula já teve dois mandatos e não é mais presidente; os integrantes da banda que tocava todos os sábados se espalharam por aí e agora se reúnem de vez em quando para brincar num estúdio mais equipado e no mesmo local; o parquinho, acho que não existe mais, embora as grades tenham melhorado; e a foto emoldurada daquela amizade de infância e adolescência fala de uma saudade que não passa.

Tem dias que são assim. De sossego na turbulência.

VAMOS FALAR SOBRE O ELEFANTE

27 • 07 • 2012

Quando me mudei com minha família para o Colorado, em novembro de 1998, meu padrasto americano foi antes para encontrar uma casa e uma escola. Em função da necessidade de proximidade entre escolas e endereços, acabou escolhendo a opção mais próxima da Green Mountain High School, onde estudei até julho de 1999. Esta casa eliminou a possibilidade de eu estudar em outra, igualmente boa e do mesmo condado de Jefferson: Columbine High School.

Com as manchetes do absurdo recentemente estampando as capas de revistas e os cabelos vermelhos do "coringa" decorando de longe as bancas de jornais, voltei a pensar no Colorado, em Columbine, em Eric Harris e Dylan Klebold, e em *Elefante*, de Gus Van Sant, um dos filmes de maior beleza plástica que eu já vi. Me fez pensar na minha experiência do inexplicável e da adolescência.

Na minha família, dia 20 de abril é uma data comemorativa. É o aniversário de namoro da minha mãe e do meu padrasto, que no ano que vem comemoram 20 anos de união. Foi o dia em que eles se conheceram e se apaixonaram em um bar em Washington D.C., o célebre (pelo menos lá em casa) Café Lautrec. Em 1993, a data caiu numa terça. Minha mãe não me deixa esquecer. Em 1999, dia 20 de abril também caiu numa terça, e não preciso que ninguém me lembre. Eu tinha 16 anos e fiquei trancada na escola durante o tiroteio em Columbine, a poucos quilômetros dali. Outros adolescentes ao meu redor se calaram, como eu, e olharam a TV, mudos. Muitos choraram. Os professores não tiveram o que dizer. A diretoria nos mandou permanecer na escola até entenderem o que acontecia. Nesse dia, minha mãe foi me buscar quando as portas foram abertas. Ela nem sabia o que tinha acontecido.

O Colorado é considerado um dos estados mais saudáveis dos Estados Unidos, já foi o mais visitado pelos americanos, e Denver é uma cidade de porte médio e mentalidade de cidade pequena. Em português correto, é caipira. Espalhada no altiplano e margeada pelas Montanhas Rochosas, a

Mile High City (cidade a uma milha de altitude, em tradução livre) está ao lado de muitas estações de esqui, tem inúmeras atividades esportivas o ano todo – do hóquei ao caiaque – e um clima espetacular quase todos os dias. Tem mais carros que habitantes e um sistema de transportes públicos ineficiente. E muitos adolescentes entediados.

O tédio. Leva à criação artística, à inovação tecnológica, a uma imaginação fértil e a formas de lazer impensadas (como meus amigos de Recreio, no interior de Minas Gerais, que empurravam vacas adormecidas no pasto. Para quem não sabe – como eu não sabia –, as vacas dormem de pé). Às vezes leva também a pequenos delitos e a excessos. Matt Stone e Trey Parker, criadores de *South Park*, lamentaram, em um depoimento no documentário de Michael Moore, *Bowling for Columbine*, a impotência diante do que houve em Columbine. Este mesmo mundo escolar que, aos 16 anos, é a totalidade do universo, não é, no conjunto da obra, mais que um capítulo. Passa-se a página e recombinam-se as palavras.

Contrário ao fluxo turístico, o Colorado tem uma tradição de evasão. O espaço amplo e as montanhas ao infinito sob o céu estonteantemente azul podem ser um claustro. E escapar vira o objetivo de muitos. É a terra do John Fante, um dos que escapou. Original de Boulder, o filho de imigrantes italianos foi tentar a vida de roteirista em Hollywood. Emigrou das montanhas para o mar e viveu pobremente em Bunker Hill, no centro de Los Angeles, onde escreveu seu mais famoso livro, *Pergunte ao pó*. Ele não deu propriamente certo no cinema, mas escreveu livros sobre sua condição de escritor, de miserável, de interiorano na capital. Nessa mesma época, um pequeno Neal Cassidy ia crescendo, na marra, nas ruas da cidade. Ele também deu o fora, é claro, e veio a se tornar célebre pela pluma de Jack Kerouac ao inspirar o personagem Dean Moriarty.

Em Denver, como em toda parte, adolescentes buscam vida nas festas, nas drogas, nos carros em alta velocidade e no sexo. Limites. Excessos. Brincadeiras. *"The road of excess leads to the palace of wisdom"* [8], exalta William Blake, mas há quem pereça no caminho. As drogas circulavam de forma pouco discreta na minha escola, uma das boas da região. Os tipos que circulavam nessa mesma escola variavam dos grupinhos mais óbvios – dos

---

[8] A estrada do excesso leva ao palácio da sabedoria.

jocks (os atletas), roqueiros, góticos, nerds e intercambistas – aos mais solitários, como a garota da minha aula de História, que todos os dias ia vestida de renda branca e longa. "A noiva".

Me sentia careta nesse ambiente, e às vezes acuada, apesar de ser, eu também, vítima do tédio suburbano num corpo adolescente. Ouvia muita música pesada, tinha momentos de ira, de fantasia escapista, de desejo de revolução. Exorcizei meus demônios praticando muito esporte, lendo famigeradamente e tocando violão e guitarra por horas. Também tirei carteira de motorista e adorava tomar sol. E aí passou... o tempo. E também as angústias de então. Às vezes, no entanto, a pressa é grande, e ao invés das fissuras, toma-se o abismo. Porque a adolescência grita, não cabe no peito.

O atentado no cinema de Aurora, subúrbio de Denver, também foi num dia 20, só que de julho, e o "coringa", bestificado, que chegou a seus 24 anos, pode ser condenado à morte. A maioria de nós vai se esquecer de que foi numa sexta-feira que isso ocorreu, mas o elefante agora já se instalou na sala de estar. Vez por outra, como agora, vamos revisitar o incômodo e ser lembrados, não sem resistência, de que ele não se foi com a condenação do culpado. E parte da vida é aprender a viver em sua companhia.

CORAGEM E COLHÕES

24 • 08 • 2012

No dia em que contei a meu grande amigo e diretor de cinema, José Sette, que eu havia conseguido meu primeiro emprego como jornalista, ele reagiu com pesar. "Perdi você para essa merda do jornalismo", foram suas únicas palavras. O Zé foi o primeiro cineasta com quem trabalhei. Comecei no segundo período da faculdade como assistente de produção de um curta-metragem seu e concluí a parceria com a direção de produção, assistência de direção, braço direito e esquerdo e assessoria espiritual de seu longa-metragem, *Labirinto de pedra*, no final da faculdade. A gente costumava sentar-se ao fim do dia para conversar sobre as próximas gravações ou discutir uma locação.

As horas voavam, eram mágicas. A atenção que ele me cedia, inestimável. Entre muitos cigarros, ele prolongava as sílabas das palavras mais langorosas ao contar do exílio, fazia perguntas desconcertantes para introduzir um manifesto do cinema marginal, maldizia com superlativos o cinema atual em nome do Glauber, se emocionava com o expressionismo alemão e me cortejava com aulas teóricas sobre películas, formatos e sensibilidades de filme. Foram horas passadas em seu ateliê, entre filmes, câmeras, livros e quadros. Horas que agora repousam, com louvor, no alto da estante de memórias que mais estimo.

Hoje é Dia do Artista e pensei no Zé, que não vejo há anos. A lembrança me levou, com carinho, a outros artistas que povoam minha vida e até meu cotidiano. Minha fantasia de infância era viver um mundo de arte e criação, de ideias e experiências. Não sabia, então, a extensão dessa vontade, que me levaria a casar com um deles. Naquela época, eu desconfiava, mas não sabia, que a gente não escolhe se vai ser artista – é ela, a vida bandida, que nos cutuca, por trás, e no escuro. Falta de vocação ou de coragem, fico desde sempre a margeá-la, sem pular na piscina. Me contagio, me impregno e até me surpreendo quando me encontro na criação do outro. Numa música, numa foto, num quadro, num capítulo ou personagem.

Meu grande amigo escritor pulou. Ele tem o livro pronto na cabeça antes de escrever. Como? Não sei. Fica tudo ali: frases, diálogos, passagens, episódios; todos eles alinhados, com numerologia e etimologia consideradas, esperando a caminhada ao redor da praça para decidir em que capítulo – ainda não escrito – morre o protagonista. Não consegue parar. Não pode evitar. Cria, recria e fantasia tudo. Sonha em não fazê-lo. Em viver sem criar uma história. Ainda não conseguiu e, enquanto isso, esse sonho também vira uma história.

Outro que não teve escolha foi um amigo e músico francês. Esse me assusta. Vê-lo compor é um verbo no presente: tudo ocorre enquanto o almoço fica pronto, o telefone toca e ele brinca com o violão entre duas tragadas no cigarro. Simplesmente sai. Derrama. Diferente de um outro amigo músico, mineiro. Com ele não é natural. Não sai fácil. Sai estranho. Sai espremido. E numa tarde de conversa jogada fora ao sofá ele me diz que para saírem dez músicas que prestam, só mesmo jogando fora outras 60. "Quando você começa a compor, a primeira coisa que vem é o clichê. Aí você deixa vir o que tem que vir. Gasta esse clichê até chegar em outra coisa, em algo melhor." Stanley Kubrick também achava isso. Que o melhor vem do cansaço. Quando paramos de tentar. Quantos *takes* são necessários para isso? Trinta, quarenta? Não importa. Tudo o que vem antes é preparação para o *take* perfeito. Rascunhos. Faixas descartadas.

Acho tudo isso fascinante, como é para cada um deles. E penso no Truffaut, que tem uma frase muito boa. Ele nos diz para que "nunca esqueçamos que as ideias são menos interessantes que os seres humanos que as criam, modificam". Sorte ou sina, tenho muitos artistas ao meu redor. E a convivência nem sempre é suave. Tampouco acho que seja do gosto de muita gente. Quando só temos contato com a obra, e não com o autor, não precisamos conviver nem amar a pessoa privada para admirar a pessoa pública. Mas lidar com os artistas, diretamente, é uma experiência distinta.

Às vezes a vaidade é quase infantil. Também acontece de serem monotemáticos, obsessivos, até chatos. Muita gente se ofende e se entedia mais do que se encanta. A ironia e o sarcasmo podem ser ácidos demais. O julgamento, exaustivo. A necessidade do aplauso, enfadonha. Entendo tudo isso, mas ainda acho que vale a pena. Criar é um tormento que deixa marcas, e a admiração que elas inspiram anda lado a lado com a repulsa. É preciso colhões, paciência e, sim, autoconfiança para acompanhar o parto prolongado da obra até o fim e não ser arrastado para a lama quando o outro se atola. Mas para quem aguentar, eu prometo que vale a viagem. Vale por aqueles momentos – efêmeros, é claro – em que vemos o mundo *com* eles.

Tive uma queda pelo Nietzsche na época da faculdade. "Só como fenômeno estético podem a existência e o mundo justificar-se eternamente", li e fiquei de quatro, no ato. Queria ter conhecido o cara. Conversado com ele. Passado horas em sua companhia, como fiz com o Zé e ainda faço com tantos outros. Meu professor e mentor percebeu o fascínio e lançou o desafio: "Queria ver quem aqui conseguia ser amigo de um cara desses lá na época em que ele estava escrevendo essas loucuras aqui. Vocês sabem onde ele chegou para escrever isso?". Eu não sabia, mas estava disposta a descobrir. "Eu. Eu seria amiga dele", dizia a mim mesma, desafiando com os olhos.

Acabei descobrindo muitos lugares sombrios da criação, e tantas vezes passei por eles de mãos dadas. Não tive escolha: quem me pedia a mão era o artista, o amigo, o amante. Não neguei. Pulei. E mesmo dando a volta pelo caminho mais longo, acabei, eu também, dentro da piscina. Acho que o Zé ficaria satisfeito com a jornalista que me tornei. Que não teve coragem, mas teve colhões.

O CAMPONÊS E O MARINHEIRO

28 • 09 • 2012

Hameau é uma palavra francesa que nomina um aglomerado tão pequeno de moradias que não chega a ser uma vila ou aldeia. Não há igreja e a pedra fundamental desta microcomunidade foi, tradicionalmente, uma fazenda. Viajando pelas estradas menos movimentadas da França, são muitos os *hameaux*, nem sempre designados por placas. Cinco, quatro, três e até duas casas podem ser a totalidade de um *hameau*. Uma singularidade francesa que nos fala de uma demanda particular. De uma cultura erguida sobre alicerces rurais.

Há pouco vi o documentário *Ibitipoca, droba pra lá*, de Felipe Scaldini, um conterrâneo meu. O filme tem como locação um lugarejo próximo a nossa cidade. Ele mostra a região; dá voz a pessoas dali. Ibitipoca é muito familiar aos que vêm da Zona da Mata mineira. Crescemos indo lá. E nossos pais, antes de nós. Antes de haver um parque nacional. Antes de haver giftshop, mapas e guias. Quando não era certo de se chegar; dependia das chuvas, do barro. Quando o habitante do arraial era dali, desde sempre. Quando só tinha um orelhão. E muitos cachorros, em bando. Hoje o lugar cresceu, tem muito mais infraestrutura e atraiu muita gente interessada em viver ou passear no mato. Já deve ter até internet. Scaldini foi atrás das pessoas que ainda estão lá, margeando pousadas e centros de informação ao turista. Elas nos falam do que mudou, do que permanece.

Minas e França têm quase o mesmo tamanho. O "mar de morros" que ondula no interior mineiro replica a sequência de fazendas e áreas cultivadas do interior da França. Cidadezinhas. Uma atrás da outra. Respeitando-se as devidas diferenças históricas e arquitetônicas, está claro. E mineiros e franceses têm suas semelhanças. São dados a longas horas na mesa do almoço, à apreciação de comes e bebes sem economia de calorias e vísceras de animais. É verdade que desconfiam do diferente, mas a abertura que concedem aos de casa não tem reservas. Afinal, um convidado nunca é mandado embora e nunca se vai antes do café. São ambos apegados à maneira correta de fazer as coisas, ao vinho ou à cachaça. A não ter pressa.

A deixar as coisas tomarem o tempo que demandarem. A contar caso. Há quem diga ser preguiça, mas eu chamo de gozo pela vida. Afinal, correr para quê e até onde? A pressa atrapalha o zelo pelas coisas, tira o regozijo do fazer. E mineiros e franceses fazem bem feito e, preferencialmente, com deleite. Gostam da terra, de ficar no mesmo lugar, de saber da sua história.

Dizem que na literatura existem dois narradores: o marinheiro e o camponês. O primeiro viaja o mundo e conta do que viu. É estrangeiro, é imigrante, é náufrago. Sua condição é o exílio. Sua sina, não pertencer. Um observador condenado. O segundo é o que fica. Que vê o forasteiro visitar suas terras. Que vê as chegadas e partidas sempre do mesmo lugar. Ele sabe de si e do seu povo. Se confunde com a própria terra. Porque passou a vida inteira no mesmo lugar, e isso ninguém tira dele. Esses dois narradores, dizem, dão conta de todas as histórias contadas. Eles são os narradores de fundação.

O fotógrafo e cineasta francês Raymond Depardon é um camponês. Essencialmente. Cresceu no campo, vem de uma família de camponeses. Fala de casa, fala dos seus. Quem assiste a seus filmes, vê suas fotos, se encontra no mais particular do outro. Porque o íntimo é sempre humano. E o humano é universal. Pensei muito no Depardon esses dias, em seus *Profils paysans (Perfis camponeses)*, sua trilogia sobre a região onde cresceu. Belo. Simples. Tocante. São lentas as longas horas com os personagens, visitados por Depardon ao longo de mais de 10 anos. Ele saiu de lá quando moço, mas ouço desde criança que o campo não sai de nós. Depardon é impregnado da *campagne* francesa. Porque conhece seu ritmo, tomou para si a década de que precisou. Se aproximou, penetrou, viu de novo o lugar de onde veio, como um estrangeiro na própria casa. Um mergulho no útero de onde saiu. E isso requer coragem. Mais – muito mais –, penso eu, do que para sair.

Dada à inquietude, tenho o hábito de partir. E, nessas idas e vi(n)das, fui parar na França. As Minas da Europa. Um exílio aconchegante, mas temporário, visto que navegante sofre de um mal. Pertencimento é terra à vista. Quando se toca o solo, é hora de partir de novo. Uma coceira sem fim. Lar parece estar sempre ali, logo ali. Na próxima parada. Mas não passa de miragem do viajante dos mares, de uma prisão dos desassossegados. Assim, deixei, também, a França, mas ela veio comigo. Entrou sob minhas unhas e ficou. Como terra avermelhada. Até Minas Gerais.

DE CÉUS E DISCOS VOADORES

outubro • 2008

London, London é uma das minhas músicas favoritas. Caetano a escreveu do exílio e, no refrão, confessa: *while my eyes go looking for flying saucers in the sky*[9]. Nunca havia me perguntado se meu apreço por essa música teria relação com essa frase, mas suspeito que sim. Sou super fã de céus. Céus, no plural, pois existe mais de um. Pode me perguntar que lembro do céu de quase todos os lugares por onde já passei: terei quase sempre alguma observação sobre a tampa azul ou cinza daquele ponto do planeta.

Não sei ao certo quando começou isso. Teria que perguntar a meus pais. Mas, definitivamente, Los Angeles foi um marco. Quando da minha primeira vez nessa cidade, não pude me conter. Estava transbordando de céu. De azul. Onde já se viu uma capital com milhões e milhões de pessoas onde o horizonte é vasto e tridimensional? Me encantei. Existe uma explicação razoável. LA é terra de terremotos. A área aqui é vasta, como o céu, por culpa das construções que, salvo raras exceções (como Downtown, Westwood e Century City), são baixas, com até três andares. Um suplício para o deslocamento sem metrô, mas um elixir para os olhos.

O prazer começa cedo. Na beirada do mundo ocidental, o sul da Califórnia tem uma incidência solar elevadíssima (eu diria que tem mais de 300 dias de sol absoluto por ano, baseada em minha experiência aqui), e o dia começa bem cedo. O sol da manhã, embora não seja meu favorito, é uma característica não só marcante como apaixonante da cidade. Ficamos todos viciados nessa fotossíntese perene. Confesso que não é dos melhores cenários para quem precisa trabalhar.

Da janela do escritório, aquele azul sem falhas, sem nuvens, sem diferença de tonalidades: simplesmente azul. Da cadeira diante do computador, você pede para estar fazendo qualquer outra coisa que não seja estar ali sentado, ao menos ir lá fora absorver um pouco daquela vitamina que vem com os raios ultravioletas.

[9] Enquanto meus olhos saem à procura de discos voadores nos céus.

Muita gente de outras partes do país acha os angelenos muito praianos, pouco atrelados ao trabalho. De minha perspectiva, sempre vou achá-los trabalhadores, inclusive por causa do tempo maravilhoso, ao qual a maioria resiste bravamente. LA é também terra de esportes. E o melhor de tudo: sem suor, pois a umidade relativa do ar daqui faz de Brasília uma sauna amazônica. Não cai uma gota por aqui desde fevereiro. Juro. Por isso mesmo, tem sempre um correndo, jogando um *freesbee*, passeando com o cachorro ou simplesmente deitado na grama, absorvendo energia solar. Essa história da umidade, aliás, dizem que tem a ver com a qualidade do céu.

No Griffith Observatory – um prédio lindo da década de 30 onde funciona o observatório celeste daqui –, ouvi dizer que a ausência de bolsões de umidade e também de nuvens deixa a observação dos astros mais clara. Realmente, LA não tem condensação, e o ar fica mais fino, atrapalhando a visão somente a poluição amarelada que se deposita entre o céu e a Terra, lá na linha do horizonte, emoldurando esta obra de arte. "Céu de Brasília/Traço do arquiteto", não é o que canta Djavan? Outro dia, de passagem pelo observatório em uma noite especialmente quente, um pôr-do-sol particularmente especial deixou quem lá esteve boquiaberto. As luzes da cidade, a poluição, o contorno de Hollywood Hills contra a parte baixa do céu onde ainda havia uma luz avermelhada, o *dégradé* lilás que introduz o azul e onde víamos, a olho nu, Vênus, agraciando-nos com sua presença. Foi lindo.

O pôr-do-sol e a noite são meus horários favoritos. Primeiramente, o sol se põe no mar. Isso, em si, já é singular e cinematográfico. Em segundo lugar, nesse momento, se você dá as costas ao Oceano Pacífico e se vira para a costa, a vegetação rara das colinas em processo de erosão revela porções arenosas onde o sol, incidindo diretamente, brilha como ouro. Não estou exagerando. Se estiver longe do mar, tudo bem também. O contorno das colinas no horizonte em escurecimento são tão notórios daqui que ilustram a abertura da 20th Century Fox, já repararam? Outro dia mesmo vi a lua em formato DreamWorks, crescente, na altura das folhas de uma palmeira, que por sua vez parecia apoiada no alto da rua que subia. Câmeras não conseguem registrar essas belezas. Quando vira noite então, o momento é ainda mais efêmero e fugidio. O melhor céu de LA.

Não é preto, escuro, como reparo ser na maioria dos lugares do Brasil (mesmo em noite de lua cheia). Também não é como os que vi recentemente no interior da França (nem por isso menos belos), onde a luz da lua parece uma anunciação divina que recusa a esconder-se por trás das nuvens e que está vindo levar a todos nós. Não é assim. É claro, muito claro. Quase de dia. É meio lilás. Independente da lua. Nem sempre vemos estrelas, mas sempre vemos muitos aviões, descendo num balé espiralizado, aguardando o momento de tocar a pista do LAX (Los Angeles International Airport). Cartão postal. Do alto das *freeways*, em uma cidade horizontalizada, estamos de repente como que no alto de um farol, e de lá temos visão privilegiada das palmeiras – tantas – que se impõem acima dos telhados. Suas silhuetas mais bem definidas à noite que de dia, deixando seu traçado no céu claro e uniforme.

E tem sempre os céus de incêndio, que nesta época do ano pipocam em momentos diferentes. Meio sádico isso da minha parte, mas adoro o céu em temporada de incêndios, mesmo sabendo que vários estão perdendo suas casas e que a temperatura chega a manter-se acima dos 30°C até depois das 22h. Compreendo, também, que tudo isso que descrevo são paisagens extremamente urbanas – aviões aterrissando, etc. – e que talvez pareça uma louca sem padrão estético que está há tanto tempo sem ir ao campo que já se esqueceu do que é o céu do interior. Não é isso. Adoro o céu rural também, mas considero, na verdade, uma aptidão que desenvolvi: encontrar beleza no concreto, no urbano, no cotidiano. Tente você também.

Até vir para Los Angeles, sempre achei um exagero essa história de escolher onde viver a partir do clima. Para quem já morou na neve de Denver, no vento de Washington D.C. ou no reino de Mordor de Juiz de Fora, onde a nuvem cinza é perene, isso tudo me parecia frescura demais. Mas existe a razão histórica do desenvolvimento dessa cidade que não me deixa mentir. Até a vinda dos estúdios de cinema para a Califórnia, na década de 20, Los Angeles era mais uma parte de um enorme deserto mexicano. Os estúdios, por sua vez, vieram por causa do clima. Porque não chove. Porque é sempre perfeito para filmar. Porque é lindo. Porque milhões de pessoas também se convenceram. Eu mudei. O céu me mudou.

Desconfio que quem não presta atenção no céu não anda nada bem. É grande demais para passar despercebido. É só se distrair um pouco do próprio umbigo. Não perdoo nem mesmo os habitantes de São Paulo, onde até os pequenos quadriláteros de nuvem visíveis escondem instantes de epifania estética. Mas é verdade que poucas vezes encontrei pela vida quem me acompanhasse nesse esporte e paixão de observar o céu. O primeiro foi o amigo mais jovem que tenho. Com quase 23 anos de diferença, descobrimos que sem um repertório comum (eu falava português e ele uma língua solitária de balbúcias silábicas) o jeito era olhar a lua. Ao me ver, logo estendia a mãozinha em direção à janela, e lá ficávamos.

Só encontrei mais uma pessoa assim, agora da mesma geração. Por telefone, me perguntava como estava a lua há milhares de quilômetros, distância que nos separava. Alma gêmea. Há, portanto, além de Caetano e de mim, ao menos mais duas pessoas *looking for flying saucers in the sky*. Mando aviso quando os encontrar.

A LÃ DA CAXEMIRA

26 • 10 • 2012

Eu deveria ter dito "não" logo na porta. Estrangeiro é educado em demasia. Temos medo de cometer gafes e por isso abanamos a cabeça para qualquer um. Naturalmente, entramos em algumas roubadas. Eu bem que cruzei com duas americanas saindo da loja de tecidos que tentaram me alertar. Seus olhares sugeriam risadas e me apontavam o tamanho do buraco negro que me envolveria. Me achei mais esperta, pensei: "Não sou igual a elas, não vou cair na desses caras, só quero ver essas echarpes aqui".

Quanta soberba. Sai de lá 2 horas depois com duas sacolas, um rombo no cartão de crédito, um convite para visitar a Caxemira, uma surra em barganha comercial e a barriga cheia de chá de canela com cardamomo. Nem vi de onde veio a coisa toda, perdi a noção de tempo e espaço. Culpa, ou mérito, de Majeed, um senhor de uns 60 e tantos anos, suponho. Túnica branca. Chéchia na cabeça, pés descalços, pernas cruzadas no chão como um faquir magrelo (redundante, mas necessário), barba branca pendurada abaixo do pescoço. Me recebeu com entusiasmo, doçura firme e sagacidade profissional. Seu olhar sempre no meu.

Pedi para ver uma *pashmina* ou caxemira. Echarpes feitas de lã de cabras nativas da região dos Himalaias (Caxemira, Paquistão, Índia). "Existem alguns tipos", me disse suave, segurando minha mão entre as suas. "As que são de lã normal, vendidas como se fossem caxemira. As que são um combinado de algodão e lã. As de caxemira, feitas na máquina. E as de caxemira, feitas à mão". A fixação de seu olhar me tiranizava. A última opção era a melhor, evidentemente. A diferença de preço reforçava. Olhei para todas elas, penduradas no meu braço. E esse senhor magrinho e de pés limpos me levou pela pequena loja de piso de carpete, mãos dadas.

Sentamo-nos ao chão com as caxemiras com bordados feitos à mão, cada uma mais maravilhosa e cara que a outra. Pilhas, montes delas. As melhores dentro de malas. Eu as olhava; ele me encarava. Atentamente. Se eu tocava ou se só olhava. Se sorria. Se não mudava de expressão. Se falava com ele da beleza da peça ou se a sentia em silêncio. Se dispensava-a ou se passava a superfície da echarpe contra a pele. A cada uma dessas pequenas pausas estéticas e sensórias, ele dava comandos em hindi ou dialeto da Caxemira, sinceramente não sei, aos dois assistentes. Dois rapazes de 20 e poucos anos, vindos do norte da Índia. Camisas xadrez idênticas, como as calças jeans, e os cortes de cabelo *mod.* Cabelos bem lisos e cheios.

Eles obedeciam aos comandos, ditos com autoridade, sem hesitar. Traziam uma nova pilha de echarpes. Dobravam tapetes. Desciam chá de canela com cardamomo, o lubrificante social de Majeed. Quando a negociação empacava, ele mandava descer mais chá. Primeiro sem açúcar. Depois, com. Me olhava beber o chá. Me cortejando ou me drogando, e eu aceitando a isca, consciente do truque, mas encantada com o mágico. Com sua destreza com palavras e gestos, estrategicamente dispensados. Majeed é um mestre das paixões humanas.

Depois de uma busca conduzida e assistida por ele, de muito perto, escolhi 5. Não seria possível. Ele não aceitava que eu não levasse a caxemira dourada, a que pertencia a mim neste mundo. Eu concordei em hipnose; também não podia aceitar. Bota na conta. Quem dá mais? Eu dou menos. Toma lá, dá cá, bebe chá, um aperto de mão final e um forte tapa nas costas. Chegamos a um acordo.

Aliviada, queria sair dali o mais rápido possível. Embarquei na aventura cultural por vontade própria e mais por interesse antropológico que comercial, mas uma hora basta. Ele fechou as contas, embalou as echarpes e eu fiquei de bobeira olhando a loja. Eram muitos os tapetes. E as honrarias, os quadros que contam de prêmios de excelência, fotos de celebridades. Nelas, o mesmo aperto de mão. O pacto selado. Mais uma vítima indefesa do Mago Majeed.

E então vacilei. Em um momento de distração. Coisa de amadora; ele nunca parou de me olhar. Passei perto de um tapete e acariciei sua superfície. Majeed começou a desenrolar tapetes no chão, um atrás do outro, como línguas de lã. "Eu tenho que te ensinar como fazer o teste de qualidade de um tapete genuíno da Caxemira", disse, com um sorriso esperto. "Sem compromisso, não há pressão, você não tem que comprar nada", sussurrou em confidência. Seu inglês é o mais eloquente que encontrei na Índia. "A qualidade é inquestionável, é um tapete para toda a vida. Minha família os faz há gerações. Sou da Caxemira. Quando você vai embora? Da próxima vez, vou te levar comigo lá, eu te levo no meu carro. É o paraíso na Terra, a região mais linda de toda a Índia. Eu moro em Délhi, temos loja aqui no Hyatt, também no Sheraton, e um grande estoque. Vamos visitá-lo amanhã? Que horas você pode?".

Fiquei zonza com tantas perguntas. Olhei para baixo e ri baixinho. De improviso, ele seguiu meu olhar e passou a me mostrar a contagem de fios abaixo dos meus pés também descalços. Um repentista social. Nada escaparia à sua estratégia de venda. Com pânico e admiração, desenvolvi por ele, até o final da tarde, respeito sincero.

Com as echarpes já ensacadas, passamos então aos tapetes. São três as etapas de avaliação de qualidade. Primeira. Na parte de trás, lá no meio, arranque um fiapo com uma agulha. A seda de verdade e costurada à mão solta fiapos curtos. A falsa, ou misturada, e feita à máquina, solta fiapos inteiriços. Na sequência, queime o fiapo. Se tiver cheiro de cabelo ou pena de galinha queimada, é seda. Se tiver cheiro de papel, é sintético. Não é piromancia, é uma espécie de selo ISO 9004.

Segunda. Teste para saber se a franjinha nas pontas do tapete são de seda inteiriça – se elas atravessam o tapete até as pontas – ou se foram simplesmente costuradas ali na beirola para parecerem verdadeiras, minimizando o valor do metro quadrado e aparentando sofisticação. No verso, mais uma vez, perto das bordas, levante um fio com uma agulha e balance de um lado para o outro, afrouxando o fio teso. Se ele for se soltando dos dois lados sem arrebentar, é porque atravessa o tapete. Se não, só está na ponta, e vai arrebentar assim que você perfurá-lo. Mais uma vez, batata. O cara conhece seu ofício. E por fim, pegue uma pequena lupa dessas de observar negativos de filme. A janelinha deve ter 2,5cm. Com ela, conte os fios. E verifique o que está indicado no rótulo atrás do produto. Se são 18, 24, 30 ou 50 fios. E bata o martelo.

Majeed é o melhor vendedor com o qual já cruzei na vida. Um Don Juan da tapeçaria. E eu sou uma péssima negociadora. Está claro que ele me convenceu a levar o tapete do qual eu não precisava, mais as 6 caxemiras. Fiquei buscando razões para justificar aquela compra maluca, e achei umas duas, para legitimar o surto. Majeed parecia satisfeito, mas nem de longe eufórico. É seu trabalho, o que ele faz todos os dias. Cada cliente é um novo coração a ser lido e desvendado. Com botõezinhos diferentes a serem apertados. Tomamos outro chá para pensar nos descontos. Consegui tirar um bocado do total, mas ainda assim paguei mais do que valia, suponho. Será que quando sabemos da trapaça e consentimos com ela somos menos bobos ou isso é desculpa de peidorreiro?

O pagamento virou outro problema. Não passava o valor todo no meu cartão, não em dólares. Pensei em fugir, abandonar aquilo tudo. Sem meu consentimento, ele passou tudo que pôde no cartão, e o que sobrou foi o valor do tapete. Senti alívio; talvez conseguisse escapar só com as caxemiras. Já estava meio arrependida daquele circo. Propus voltar depois para pegar o tapete. Claro que não colou. Da soberba à ingenuidade: a cliente perfeita. Majeed calçou os sapatos, pegou minha mão e me levou para fora do hotel, pela rua, por uma escada, entre carros, um pátio, uma galeria, um restaurante, até um banco. "Aqui você pode sacar".

O caixa estava fora de serviço. Outra chance de fugir correndo. Mas e as caxemiras que tinham ficado na loja e pelas quais eu já tinha pagado? Ele, obviamente, não se dissuadiu com o pequeno percalço, que na Índia chama-se cotidiano. Me levou dentro do banco, conversou com a atendente, que nos mandou esperar um pouco. Esperamos 10, 15 minutos. E nada aconteceu. Saímos em busca de outro caixa eletrônico. Ele ia pedindo informação com a mesma autoridade e desenvoltura, lá fora, que demonstrava dentro de sua loja. Saquei o dinheiro e voltamos pelo mesmo trajeto tortuoso e fabuloso até a entrada lateral do hotel. Paguei o resto.

Enfiei os pés descalços nas havaianas e peguei minhas sacolas. Ele me entregou um folder da Caxemira com seu telefone anotado. Olhar sem vacilo. Me mostrou, num álbum de fotos, Bill Clinton comprando com ele, apertando sua mão. "Você vai comigo no meu estoque", afirmou, mais uma vez com minha mão entre as suas. "É lindo. Tomaremos chá. Sem pressão, você não precisa comprar nada. Chegando lá pode se convencer do contrário, mas...". Interrompi-o. Seus assistentes riram alto. Eles vinham rindo o tempo todo pelos cantos. De mim e da situação toda. Majeed também riu. Todos rimos. "Eu não compro mais nada!", concluí. Mas prometi voltar no dia seguinte para o chá.

A CURA PELO PRÓPRIO MAL

10 • 08 • 2012

De todas as modalidades esportivas em competições olímpicas, apenas duas vêm do que eu chamaria de um instinto primário, derivações de duas ações ancestrais, presentes em todas as culturas e de motivação inquestionável para a sobrevivência: correr e lutar. Nem todas as comunidades primitivas viviam perto d'água para desenvolver a natação ou utilizavam o arco para caçar, mas nunca ouvi falar de um povo que não corresse – atrás de uma presa ou para não ser ele próprio presa de outra espécie – ou lutasse – para se defender, para conquistar, para seduzir, para oprimir. E os esportes contemporâneos que derivam desses dois gestos primitivos – como o boxe e o atletismo – têm supremacia negra: os negros são, aí, mais presentes e mais bem-sucedidos.*

É nessas modalidades que a técnica de treinamento é posterior ao ato primeiro. Correr é instintivo, fez muita gente sobreviver nesse mundo. E reagir a um inimigo também. Luvas, sapatilhas, ringues e pistas são adereços secundários. Mesmo nós, que não somos atletas profissionais, já corremos e ainda correremos. E muitos, mas não todos, já bateram em alguém. O resto já desejou. É o gesto que vem das vísceras. E é justo aí que reside a soberania dos africanos e afrodescendentes. No físico. E se o esporte só pedisse nosso corpo, eu acredito que a seleção natural da espécie eliminaria, gradualmente, os brancos das competições. Sabemos, contudo, que não é o caso. O psicológico no esporte é uma parte tão grande do treinamento que não dá para nos contentarmos com o argumento étnico ou nacional. A China não nos mostrou que nem os Estados Unidos são imbatíveis? O que sobra, para além das pernas, braços, pulmões e um bom treinamento, é o caráter.

---

* Convidamos o leitor, neste momento, a ler esta crônica com um olhar que tente escapar dos discursos totalizantes (ainda que nos sejam familiares e, por isso, possam ser ponto de partida para uma reflexão), para que possamos caminhar em direção a olhares que valorizem os indivíduos como sujeitos sociais, incluindo seus traços étnico-culturais.

E o caráter é distribuído de forma aleatória e democrática entre os povos. A verdade é que não são muitos os que são bem equipados na cabeça e no coração para lidar com o esporte profissional. Os que ainda conseguem o corte olímpico descobrem lá, na Atenas da vez, não ter estômago para o pódio. Amarelam. A maioria nem vai. E nessa peneira, das mais estreitas – uma vez deixados de lado os adereços –, um branco, um asiático, um indígena e um árabe têm as mesmas chances que um negro de atingir grandeza naquilo que fazem. E como é que o fazem?

Acredito que grande parte do sucesso repouse no doce equilíbrio entre autoconfiança e humildade. É, eu sei que é dureza de alcançar, e mais ainda de sustentar. Nessas horas, os primeiros atletas que me vêm à mente são os maratonistas e os tenistas, etnias à parte. A solidão e a tenacidade desses dois atletas é real. Competições de horas de duração em que ambos estão sempre sozinhos, presos em um corpo que grita e queima antes de atingir a dormência. Sempre arriscando uma diminuição na marcha ou na concentração porque os pensamentos tortuosos que podem os levar rapidamente ao fracasso espreitam a cada devaneio, seja pela soberba, seja pela covardia. E não há uma segunda chance.

Admiro bastante os atletas dotados dessa rara capacidade de medir e calcular o presente e, a partir dele, dosar, para distribuir com moderação, a energia que resta nos corpos. E nas mentes. Não saltar nos braços da glória na metade da partida nem aceitar a derrota da vontade à meia maratona. Dosar até a hora de soltar, a hora de chorar. Porque eles passam à beira de uma forma de loucura, e creio que nem saibam bem como fazem para regressar.

Os Jogos Olímpicos há alguns anos me aprisionam no sofá nesse período de júbilo sazonal e suas imagens são as que mais me emocionam – não é algo do qual me orgulhe, acho até um pouco patético. Relaxo, com eles, na hora do gozo. O gozo que eles não tiveram muitas outras vezes em anos de preparação, disciplina, dor, alternância entre lesão e recuperação, e abdicação quase total de outros tantos gozos de vida: comer, beber, sentir preguiça, procrastinar.

O espírito olímpico me fez voltar às memórias do escritor japonês Haruki Murakami, autor de um número considerável de romances de econômica beleza surrealista. *Do que eu falo quando eu falo de corrida* é uma espécie de autobiografia breve em que ele nos conta suas percepções da corrida e da escrita, hábitos do teimoso. Maratonista há mais de 30 anos, ele, que hoje já passou dos 60, faz paralelos entre as duas práticas que norteiam sua vida: da constância de ambas, do sofrimento prolongado, compensado pelo momento da chegada, e do desejo de isolamento de seus praticantes.

Pensei nele porque não sei de um povo que não conte histórias. Contar histórias é um ato primário dos homens. Escrever é artifício, uma derivação desse instinto, e a técnica vem ajudar na preservação e perpetuação da memória. Em muitas partes do mundo, até hoje, é ao redor do ancião que o conhecimento é passado. Oralmente, por cânticos, sem livros. O papel e o lápis são os adereços secundários que vieram em auxílio do contador de histórias. Depois deles, tudo é terciário.

Conheço alguns escritores e muita gente que escreve, e a maioria confessa não gostar tanto de escrever quanto de ter escrito. Na escrita e na maratona, existem mais razões para se abandonar do que para prosseguir. Em ambas, os pensamentos de autoadulação e de autocrítica são igualmente nocivos, e as certezas só aparecem em breves janelas de lucidez. No percurso, há mais sofrimento do que prazer e mais medo do que coragem. Mas sempre vi a coragem como o impulso que nos leva a atravessar o medo, não a negá-lo. A autora Joyce Carol Oates tem uma bela frase em que diz que *"the novel is the affliction for which only the novel is the cure"* [11].

Escritores e maratonistas se levantam, todas as manhãs, para fazer tudo de novo. Passada a fase do "levar jeito para a coisa", só mesmo insistindo, suando, editando e entregando uma parte de si. Uma parte que fica no treino, no rascunho, na obra, no Ouro Olímpico. Uma parte que vai e que às vezes não volta. E onde o esporte vem cobrar com a saúde do corpo – e a barganha é aceita em troca de grandeza –, a escrita leva uma parte da alma. Topa?

[11] O romance é o sofrimento que só o romance cura.

A VIRADA DO JOGO

17 • 08 • 2012

No penúltimo dia dos Jogos Olímpicos de Londres, a seleção brasileira de vôlei feminino venceu a americana, embora tivesse começado perdendo o jogo. O ataque não estava dando certo, mas a recepção, o saque e o emocional estavam em alta. Um dos comentaristas chamou atenção para a sabedoria que rege o comportamento dos atletas quando, diante de apenas uma falha no sistema operacional, conseguem seguir fazendo bem aquilo que está funcionando. E o resultado e a verdade disso é que com o passar dos sets, o jogo delas se acertou, o fundamento que estava manco voltou a caminhar sobre duas pernas e elas venceram de virada. Algumas horas depois da partida, fui ao cinema assistir à pré-estreia de *360º*, novo filme de Fernando Meirelles, e esse comentário ficou ecoando dentro da minha cabeça.

Todos os personagens do filme estão envolvidos em relações amorosas, apaixonadas, complicadas, adúlteras ou desgastadas, adjetivos a que estão sujeitos aqueles que se casam ou se juntam. Como o vôlei, os casamentos têm épocas boas, leves e aparentemente desprovidas de esforços, e outras mais ásperas, truncadas e laboriosas. Tanto um como outro vivem de repetições, tentam romper os vícios de comportamento ou de jogadas e são fonte de grande alegria e de imenso tormento. Reconheci, em silêncio, na sala de cinema, o quão difícil é seguir adiante quando um fundamento falha, ainda que os demais sigam bem. Como esse lugar do equívoco insiste em sugar nossas melhores energias e pensamentos e enterrá-los sob escombros de frustrações e ressentimentos que, se não tratados, viram mágoas que engessam no peito e endurecem na cabeça.

O filme de Meirelles traça um círculo ao redor de personagens interconectados e brinca com o ciclo dentro de relações isoladas. Ele nos mostra momentos de escolhas: por continuar junto ou pela bifurcação. Numa vida de casados, há ofertas tentadoras pelo caminho. Outras pessoas, outras vias e vidas, outros sonhos. Há, também, imperativos: filhos, rotina, dinheiro. E quais nossas razões para ceder a elas? Curiosidade, insegurança, fadiga; somos "humanos, demasiado, humanos". O mitólogo Joseph Campbell me ensinou, em *O Poder do mito*, que o casamento é uma provação, uma entrega do ego pela união. E ninguém faz isso sem espernear.

Casamento é difícil e dá trabalho, mas é muito mais legal que o plano B: a vida a dois é bem mais gostosa e até mais fácil. E o segredo de seu sucesso não está em uma fórmula engarrafada. É uma vida de escolhas reafirmadas dia após dia. São essas mesmas escolhas reiteradas que fazem deste pacto algo maleável. As demandas vão mudando com os anos, junto com nossas expectativas, e os dois rebolam para lá e para cá para manterem o passo. O casal que acaba dando certo não é o constantemente apaixonado nem o que briga o tempo todo. Tampouco é o que não pensa em abandonar tudo ou o que fantasia com outras pessoas. Nem mesmo é o casal fiel.

É o que fica. E ficar é andar para frente, sempre. Senão a bicicleta tomba. Ninguém realmente sabe bem o que está fazendo, exceto que com o andar da carruagem as abóboras se ajeitam. E Meirelles parece saber que isso se faz de dentro do matrimônio, só que pelo furo no ciclo.

Um dia perguntei à minha avó se ela ainda pensava muito no meu avô. "Todos os dias", ela respondeu. "Não posso afirmar que não houve igual, mas mulher mais feliz do que eu era com o seu avô não teve." Lembrei-me do que diz Rilke: *"once the realization is accepted that even between the closest people infinite distances exist, a marvelous living side-by-side can grow up for them, if they succeed in loving the expanse between them, which gives them the possibility of always seeing each other as a whole and before an immense sky"* [12]. Os 30 anos de casada, 26 de viúva e 53 de vida que nos separam conferem a ela a ciência de algo que eu e os personagens de *360º* ainda estamos aprendendo: a não esperar de quem se ama mais do que eles podem te dar. Não há amor sem perdão e somos todos incompletos, inacabados. O que a gente pode fazer é pedalar, pedalar, pedalar até poder soltar outra vez o corpo na descida.

---

[12] Uma vez aceita a compreensão de que mesmo entre as pessoas mais próximas existem distâncias infinitas, uma maravilhosa convivência lado a lado pode nascer entre elas, se conseguirem amar a vastidão entre elas, que as dá a possibilidade de ver o outro sempre como um todo e diante de um céu imenso.

DIA DAS CRIANÇAS

12 • 10 • 2012

Dizem que todo mundo para de amadurecer a uma certa altura. Os anos passam, as velinhas começam a se acumular, mas continuamos nos sentindo com a mesma idade. Seria o pico de nossa evolução emocional. A maioria dos adultos a quem já perguntei sobre isso responde que esse momento foi ali por volta do final da adolescência, início da década dos 20. Essa semana falei com minha tia que mora em Los Angeles e me lembrei de sua resposta, dada uns anos atrás. "Seis", disse com calma, sabendo a resposta desde sempre, mas sem nunca antes ter tido a oportunidade de dizê-la a alguém. "Seis anos".

Crianças desta idade não são mais bebês. Falam muito, leem pouco, têm plena coordenação motora e já entendem alguns sentimentos abstratos. Respeitam leis ao seu redor e percebem que não podem mais fazer o que querem. Evolui seu senso de autopreservação, da queda que machuca, do perigo. Também já entendem uma parte grande do que se passa entre os adultos. Captam nuances. Escutam segredos. Sentem medo, angústia. Reconhecem a existência do futuro e do passado, ainda que o presente seja o rei do dia. De todos os dias.

Minha vizinha tem duas filhas pequenas. A menor é a Dunya. Tem quase um ano e faz pouco estava descobrindo a extensão do seu próprio corpo, olhando os dedos de suas mãos, maravilhada, mexendo-os no ar, em propriocepção. Agora está quase andando. A mais velha fez 5 anos em julho e se chama Muxima. Já não manipula a irmã como uma boneca. Sabe que ela é pequena, que deve ser tratada com cuidado e vem, aos poucos, percebendo que não é mais a fofinha bajulada de outrora, que o olhar dos adultos para ela mudou. Sobretudo quando vê os mimos concedidos à irmã. Às vezes retrocede nos gestos, faz-se bebê, infantiliza-se porque quer carinho e proteção.

Uma grande amiga veio me visitar com seu pequenino de quase 1 ano e meio, Nuno. O rapazinho anda sozinho, sabe pedir e ir atrás das coisas. Logo, o mundo de possibilidades de realizações de seus desejos parece infinito. Lá em casa, tentava matar o tédio arremessando potinhos de plástico dentro da privada e esvaziando o saco de arroz no chão da cozinha. Mas assim que minha vizinha chegou com as duas pequenas, largou os potinhos e abriu um sorriso do tamanho de sua satisfação. Sabia o que queria. Aproximou-se com entusiasmo não contido, laçou seus braços ao redor da garotinha de cabelos cacheados e lascou-lhe um beijo na boca. Segurou a cabeça da Muxima contra a sua para que não se esquivasse de seu afeto desajeitado. Ela, lembrando do que a mãe havia lhe ensinado sobre os cuidados com os menores, saiu-se bem, com elegância. Virou o rosto de lado. Segurou-o a meia distância. Sem força, sem raiva. Ele insistiu. Inclinou o corpo para frente. Seus olhos brilhavam, os dentes, esparsos, estavam todos à mostra, tamanho era o sorriso. Puxou os cabelos da amada, não como tática de guerra. Era vontade.

Não deu certo. Partiu então para a irmã. Dunya engatinhava sobre o tapete e ele queria subir em suas costas, ainda frágeis, de bebê. Impedido pelos adultos, improvisou. Arremessou-se ao chão diante da infante sobre os quatro membros, deitou e abriu o peito e os braços, como um pavão apaixonado. Ria. Gargalhava. Diante das explicações de sua mãe sobre o que podia e o que não podia ser feito com as duas meninas, ele parecia entender apenas uma parte. Estava sendo repreendido, sim, ele entendeu. Olhou para baixo. Fez cara de culpado. Mas, tão pronto avistou as meninas de novo, era todo sorriso e amor afoito. Não via mal algum no que fazia.

Saí para comprar um belisco e, na esquina, um *habitué* boêmio do Bar do Seu Zé – e figurinha fácil no bairro – foi interrompido em sua conversa de boteco quando uma mulher parou o carro no meio da rua e começou a esbravejar da janela. Gritou obscenidades, grosserias. Desceu, arrancou do corpo do amado a camiseta que ele vestia e foi-se embora. Quando saí com as empanadas na mão, ele estava desnudo da cintura para cima. Inabalado, aparentemente. Tomava sua cerveja sem pressa. Voltei com a comida e entrei em casa justo a tempo de ouvir a pergunta da Muxima a sua mãe, em um diálogo em andamento: "O quê que é sofrimento?" Nem ouvi a resposta. A pergunta bastou.

Vejo na Muxima um equilíbrio raro que logo vai passar. Está ali, cúspide, entre o *laissez-faire* da primeira infância inconsequente e a absorção das leis adultas ao seu redor. Fluente entre dois mundos, bilíngue. Sempre atenta.

Aprende sobre o desejo e o sofrimento, querer e não poder; sobre crescer. Só que seu instinto ainda é mais forte.

"Com seis anos, era o mais sábia que já fui. Sabia o que queria, o que me fazia feliz. Sabia o que não queria, mesmo que o fizesse por obrigação. Respeitava a mim mesma, não me atropelava; não me passavam em branco as coisas. Estava atenta. Sagaz. Comprometida", foi a continuação da resposta da minha tia àquela pergunta inicial. "Tento sempre me reconectar àquela menina que fui. Hoje, adulta. Porque ela sabia o que era melhor para nós."

Para a Muxima, meus votos de um feliz Dia das Crianças são uma forma de pacto. Comigo e com ela. Que ela não quebre as promessas feitas à menina de hoje. Que honre seus sonhos, respeite seus desejos e também seus limites. Que use a maturidade, quando vier, a seu favor, como facilitador. Que a lei não amordace seu instinto. E que ela me ajude a fazer o mesmo.

A ESTRADA DE CADA UM

20 • 07 • 2012

Sexta-feira, 13 de julho, fui à estreia de *On the road (Na estrada)*, de Walter Salles, no Brasil, na Livraria Cultura do Conjunto Nacional, ali na boca da Av. Paulista. Me antecipei, fiquei ansiosa, comprei ingressos online com lugar marcado bem no meio da sala e convidei amigos com entusiasmo. Para além dos 55 anos decorridos desde o lançamento do livro de Jack Kerouac, em 1957, havia os meus de espera desde que o li pela primeira vez em 2000, aos 18 anos. Ali peguei carona.

Minhas expectativas eram bem baixas. Não esperava chegar a parte alguma. Com todo o respeito e admiração que tenho por Salles e sua trajetória de filmes de estrada, ainda assim esperava pelo pior. Só que o pior não ocorreu. Nem o melhor. Simplesmente foi. E foi demais. Meu tio uma vez disse que no cinema francês os filmes não acabam, eles só param de passar. Assistimos a um fragmento de vida e pronto. Acabou o filme, mas aquela história continua fora das telas. Foi isso o que eu vi no cinema na sexta. Foi o que eu li no livro há mais de uma década.

E não é assim mesmo que ocorre na nossa vida? Momentos épicos, sem dúvida, permeiam o cotidiano, mas falta o final redentor com música incidental de cordas. A narrativa está sempre em construção até a hora em que cessa. O que dá para fazer é contar um pedacinho numa coluna como essa, num livro, num diário de viagens, numa obra, numa carta. A vida sempre transborda, não cabe nas linhas, nas páginas e muito menos nas telas. E as obras de calibre são assim: quando falta algo, quando incomoda o buraco, é porque o autor acertou. Dá vontade de ler/ver de novo, ver se algo mais vai se revelar na segunda sentada. E sempre revela, mas nunca conclui.

On the road corre como uma viagem, com altos e baixos que independem dos aclives e declives, e na maior parte do tempo segue a linha amarela no meio da pista: que não leva a parte alguma e é o único caminho. Cito Lewis

Carroll: *"If the destination is unknown, any road will take you there"* [13]. Adiante, o livro vai. As páginas são passadas encadeadas por uma escrita solta e rítmica que pede cadência. Não há clímax nem obstáculo definido a ser superado pelo herói. Há um sonho e uma pulsão, de vida e de morte. Como a batida à máquina de Kerouac e sua escrita sem respiro, é errático, de improviso e sem refrão, como o jazz.

Não ouso dizer que o filme de Walter Salles seja tão bom quanto o livro e tampouco tenho peito para encarar a afirmação de que *On the road* seja um livro para todos, universalmente incrível. Ele pode nem ser o melhor de Kerouac, mas é a porta. A primeira viagem. É lento e estranho, cheio de entranhas na escrita. Li e reli seus livros, como também os de Ginsberg, Burroughs, Cassidy, Ferlinghetti e outros beats. Fiquei obcecada por um tempo. Queria ser parte da patota. Queria aquela liberdade, aquela vontade de viver, aquela sede de experiências e ausência de censura. Queria viver jazz, viajar a América, ler, amar, beber e fumar. Viver poesia.

Fecha-se o livro. Sobem os créditos. Os beats se foram, e aquela estrada, para eles, também chegou ao fim.

Tive um professor durante o mestrado que uma vez disse que se você começa um livro e não consegue ir adiante, ou é porque você não o merece ou porque ele não te merece. Guardo essas palavras comigo, embora ache sempre muito difícil distinguir quem desmerece quem na hora do rala-e-rola. As viagens também são dessa natureza: há quem viaje sem sair do lugar e quem nunca saia do lugar, mesmo percorrendo o mundo.

Eu e *On the road* nos cativamos, nos merecemos, e a linha amarela que me guia no centro da pista leva a um destino desconhecido. Cada um tem a estrada que merece e a carona que te leva por ela. É só seguir.

[13] Se desconhecemos o destino, qualquer estrada te leva a ele.

MADONNA E NIEMEYER

21 • 12 • 2012

Já ouvi dizer que pessoas em cargo de mais responsabilidade e confiança ou de maior projeção profissional tendem a viver mais. Que o trabalho por ser feito mantém as pessoas vivas por mais tempo. Que o compromisso tira o pé da cova. Faz sentido, suponho. E sempre pensei isso do velho Oscar. Esse sagitariano danado que no dia 15 de dezembro teria completado 105 anos, uns 90 deles de tabagismo intenso e convicto. Penso num senso de dever, e talvez até de missão, que impulsiona pessoas como ele. E, ciente do risco de ser apedrejada em praça pública, proponho uma associação arriscada entre duas figuras icônicas: Madonna e Niemeyer.

Creio que Madonna também viverá uma vida longa e ativa. Que depois da turnê acústica que quem sabe virá mais para frente, ela vai passar para outras formas de criação (apostaria no cinema), mas não parar. Porque parar, realmente, seria o fim. E acho que com ela, como com Oscar, é o fim que os detém, não o contrário. Sim, vaidade é fundamental. A humildade não te faz levantar todos os dias e seguir sendo Madonna ou Niemeyer. Daí o risco que vem embutido nesse senso messiânico. Leva a abusos, delírios de grandeza. E, não raro, à loucura.

Anos atrás li uma matéria, na *Folha* se não me engano, em que vários arquitetos renomados falavam sobre o ofício. Um deles, não me lembro mais de qual, disse que o sonho de todo e qualquer arquiteto é, uma vez na vida, produzir uma grande obra. Atingir o sublime. E que ser contemporâneo de Niemeyer tinha sua dose de dor e de delícia. A inspiração e a opressão de um gênio que fez de suas obras, todas elas, primas. E ser contemporânea de Madonna não tem, igualmente, um sabor agridoce? Cito o jornalista Rodrigo Levino: "Quem tiver acompanhado a vinda recente de toda a nova geração de cantoras pop ao Brasil (Britney Spears, Christina Aguilera, Rihanna, Lady Gaga, Katy Perry), não deixará de constatar o óbvio: no dia em que o trono de Madonna vagar, vago continuará." Para quem não gosta dela, a americana deve ser um rochedo no sapato. Madonna não larga o osso. E se nem Cristo foi unanimidade, como se diz por aí, tampouco foi o simpático e comunista Niemeyer.

De um lado, ela. Dentre suas súditas praticantes – ou seja, todas as *performers* femininas que vieram depois dela –, quantas duraram? Seu pioneirismo é incontestável. E 30 anos de carreira, sem perder o penteado, não são para qualquer um. Tem que ter a cabeça no lugar. Olhe aí no passado e no presente. Grandes homens e mulheres em potencial. A maioria amarela no meio do jogo e não volta para o segundo tempo. Morrem, piram, não aguentam o rojão. E conta-se nos dedos de uma única mão quem atingiu uma carreira desta solidez. Quem tem, em todos os discos, pelo menos uma ou duas músicas que ficam. Com certeza os Rolling Stones são parte dessa pequena elite.

De outro lado, ele. Entre arquitetos e estudantes de arquitetura que conheço, encontro críticas, reprimendas, desgostos com suas curvas e blocos soviéticos. Um argumento que eu respeito e tento entender, mas que muitas vezes me parece mais uma justificativa racional – a política por trás daquela cidade de Brasília, linda e estranha – que uma reação visceral a uma obra. E como eu acredito que arquitetura é a forma de arte mais interessante de se ver e de maior impacto sobre nosso cotidiano, prefiro a via irracional.

As artes são um pouco como o olfato. Antes de você reconhecer o aroma no ar, ele já te provocou alguma reação. Atração, repulsa, familiaridade. A arquitetura chega até você a despeito de sua permissão e de sua vontade. Apesar da política. A música tem a mesma natureza no campo sonoro. E ainda bem que é assim. Desconfio que se você for a um show da Madonna, aberto à experiência que ela tem a intenção de te proporcionar, se não ficar emburrado com o *playback* e não for buscando uma coisa preconcebida, você vai com certeza se divertir. Porque é o que é. Um espetáculo. Não é Ramones ou Stooges. E dentro de sua proposta, ela é a melhor. Como Oscar.

Recentemente voltei a Brasília e o encantamento perdura. E no último dia 5 fui ao show dela no Estádio do Morumbi, em São Paulo. Aguardando o início sob chuva, recebi uma mensagem no celular. "Agora o mundo realmente acaba... Niemeyer morreu." Soltei um "ah" do lamento em voz alta e as luzes se apagaram, fãs urraram, e o show, três horas atrasado, começou com o soar de sinos e o balançar de um incensário gigante. Monges ergueram-se no palco, uma catedral de espelhos estilhaçou-se e ela, *à la madonna*, desceu do confessionário.

Durante esse prelúdio sacro, pensei no Oscar. Fiz meu minuto de silêncio. Admirei a diligência. A abnegação de outra vida. A aceitação de uma escolha, ou até da falta dela. O toque do divino, ou não. O trabalho exaustivo. A vida pessoal prejudicada. O amor pelo ofício. A preocupação com seu público. Lembrei-me de tudo dele que eu conhecia, suas obras. Tudo isso que vale para Oscar, vale para Madonna. Os dois são farinha do mesmo saco. Inquietos. E, para mim, a abertura desse show da turnê MDNA foi o réquiem do arquiteto. Me achei com sorte. Dessa eu não me esqueço.

DIA DE FINADOS

02 • 11 • 2012

"Você morreu para mim. Nunca mais quero te ver." Queimam-se cartas, rasgam-se fotos, apagam-se mensagens de celular e e-mail, muda-se de amigos. Enterramos o outro em vida. Encerramos um amor ou uma amizade. A paixão adolescente é dramática, e sofrida é a primeira perda. "Como será possível a vida continuar sem você", esbravejamos, mão contra o peito, "sobretudo porque você está vivo? Sua vida continua, só não é mais comigo." A dor é muito grande; a incompreensão e frustração, maiores. E delas tiramos aprendizado.

É Finados. Dia dos Mortos. Aqueles que a vida tira de nós. É dia de os vivos lembrarem-se deles. Quando eu era criança, achava a cerimônia de morte demasiado mórbida. Velar o corpo era uma tara que eu não pretendia partilhar. Isso muito antes de entender o luto. E, sobretudo, que se trata de um ritual para os vivos. Para seguirmos adiante sem arrastar um caixão desajeitado vida afora. Sem assombração nem nada. Porque, ao contrário do que nos dizem na infância, a morte não vem apenas no fim. Acontece o tempo todo. Ao nosso redor, dentro de casa. Em nós mesmos. A vida toda.

Proponho, portanto, que hoje nos lembremos também daqueles que extirpamos da nossa vida sem óbito. Pela separação. Para que nos lembremos mesmo depois que não recordarmos mais os detalhes do rosto. Pois "eliminar os mortos da memória não é possível. O passado está cheio de mortos, mas aqui estou eu a continuar a lhes dar vida. Quem é que se pode separar disso?". A frase é de José Saramago, que também diz que o passado não passa, acumula. Empilhado sobre o presente. Nesta pilha, enfileiram-se os sepultamentos póstumos e também as mortes em vida.

Gostaria, ainda, de evocar um terceiro tipo de defunto. Da categoria Lance Armstrong. Que não foi tirado de nós e que nós não afastamos voluntariamente. É a História que apaga seu traço; eis sua condenação. O morto-vivo punido com o esquecimento. O ostracismo. Todos os grandes – nos esportes, nas artes, nas ciências – buscam a imortalidade. Sua perpetuação. Tirá-la é uma forma de punição customizada das mais perversas. Falei sobre isso em outra crônica, lembrando *1984*, de George Orwell.

E a primeira coisa em que pensei quando soube do afastamento de Armstrong foi justamente Orwell. "Não estamos mais em guerra com a Eurásia; na verdade, nunca estivemos". Lobotomia ideológica em *1984*. A cada reviravolta na política, apagam-se os arquivos de jornal. Deleta-se do cotidiano todo e qualquer vestígio. Uma verdade que nunca houvera, da qual se duvida e que aos poucos vira uma mentira.

O ciclista americano vai "sair" da História como o farsante que teve seu mandato esportivo caçado. Não será esquecido por completo, mas, em 100 anos, será um rosto desbotado. Ele, antigo detentor dos impressionantes 7 títulos na *Tour de France*, em sequência. Com o passar das gerações, seu nome – apagado do panteão do esporte – deixará de ser dito. Seu *doping* não será usado como exemplo. Uma decisão judicial que hoje custa mais a nós, seu público, sobre quem pesa a incumbência do esquecimento. Forçados por lei a enterrar sua glória.

Sempre dizem que "a vida continua", mas a vida sempre acaba. É a morte que continua, *para sempre*. E enquanto estivermos por aqui, levamos nossos mortos conosco, pelas mãos. Há os que, diante disso, prefiram tirar as perdas de vista. Maquiar a ausência onipresente. E há os que prefiram ver para exorcizar. Fitar o corpo. No meio dos dois, com tempo e paciência, existe outro lugar. Onde lembramos para seguir adiante. Onde há dor, não sofrimento. As saudades não passam mesmo. Mas mudam.

Nesse Finados, portanto, penso nos vivos. Pois não há aceitação no esquecimento. Penso em quem recorda. Em quem se separou em vida. Em Lance Armstrong. E se uma criança me perguntar, amanhã, quem foi o ciclista, não vou repreendê-la. Não vou sussurrar baixinho. Muito menos prometer contar a verdade quando ela tiver idade. O americano é um memorial vivo, erguido em praça pública. Não nos deixa esquecer. Nos ajuda a prosseguir de mãos dadas com nossa história, os olhos abertos. Que façamos uso dele.

A CONSCIÊNCIA BRANCA

23 • 11 • 2012

Leis demarcam uma conquista. Reinados e impérios, quando ocupam um território, primeiro deixam soldados guarnecendo a fronteira. Depois distribuem as terras para serem ocupadas por seus súditos, a exemplo do que fez Portugal com suas Capitanias Hereditárias no Brasil. Em seguida, constroem templos, marcos, castelos, delineiam uma história da ocupação e criam uma narrativa de fundação. Como os espanhóis e suas catedrais erguidas sobre os templos Incas no Peru. Como os *founding fathers* nos EUA.

Leis são territorializações. Nos libertam de tomar decisões novas a cada situação. São uma forma de aglomerar um, dois, três casos ou mais e dizer: aqui, nestes casos, faremos sempre dessa forma. Não precisa, a cada vez, chegar num cruzamento e decidir se vai ou não vai atravessar a rua. O sinal está fechado. Haverá, decerto, infrações, o que não elimina a regra. E haverá melhorias a serem feitas, *ad aeternum*. O sinal amarelo, por exemplo, foi uma delas. A faixa de pedestres.

A partir do momento em que é legislada, a lei já está datada e precisa ser aprimorada. É resultado de tanto tempo de deliberação, maturação, aprovação e aplicação que é inevitável que esteja velha no momento do nascimento. Mas não é, por isso, menos importante. Sem ela não haveria essa delimitação: chegamos até aqui. É onde se troca o bastão. E dispara adiante o novo corredor para os próximos 100m do revezamento.

O filósofo alemão Immanuel Kant tem um texto muito bonito sobre o iluminismo ou ilustração. Ele explica que se uma grande ideia não é legislada ela não passa de uma epifania. Somente dentro de um sistema em que se possa aplicá-la a um grupo maior que o indivíduo que a elaborou ela se estrutura como iluminação. E, em seguida, é preciso que seja aceita e respeitada pelo grupo. O Estado é um tipo de grupo. Não matarás, por exemplo. É preciso que a lei valha para todos e que todos corroborem o sistema que a faz valer. Só assim é uma lei. E é de todos. E aquela epifania de um indivíduo se configura numa ilustração. Num avanço.

Em 20 de novembro, comemoramos o Dia da Consciência Negra. Abundam por aí comentários obtusos sobre as cotas. O mesmo vale para as leis que exigem respeito aos homossexuais. Num grupo pequeno há espaço para diálogo, para acomodação de todos, para o caso a caso. Digamos, na sua família, vocês podem aplicar um sistema próprio de aceitação e negociação das diferenças. Mas uma cidade é muito grande; um país tem mais gente ainda; e o mundo está lotado. Não é possível contar apenas com o bom senso. Então criamos leis. Para desenhar uma linha no chão.

Se você é homofóbico e/ou racista, verá a lei como entrave. Se é gay e/ou negro, como garantia. E, convenhamos, estabelecer algo básico como "desrespeitar alguém por diferença racial ou prática sexual é crime" não deveria gerar tanta polêmica assim. É muito primário. É respeito à vida do outro. Seus pais deveriam ter te ensinado isso em casa. Você e eu merecemos ser respeitados por nossas escolhas e práticas, e a lei vai assegurar que não sejamos demitidos, agredidos ou alienados por nossa raça, prática sexual ou gênero. Ainda assim, vão dizer por aí que cotas geram racismo. Que dão vagas dos melhores alunos aos piores alunos.

Opiniões como esta só escancaram, em alto e claríssimo som, a necessidade da lei. Racismo já existe, pessoal, ninguém está inventando isso agora. A escravidão aconteceu, não é um boato. As cotas são um passo à frente. E porque a lei é falha e está sempre em construção, é preciso saber pressionar por seus avanços. Porque se ela exclui, por exemplo, os brancos de baixa renda e não elimina a urgência de se fortalecer o ensino público brasileiro, lembremo-nos de que conquistas são lentas e trabalhosas. E os buracos não podem invalidar todos os acertos.

Os brancos não são maioria no mundo, como nunca o foram entre seus escravos. Mas seguem sendo os donos da bola. Donos do dinheiro. Do trono, do poder. Muitos (muitos mesmo) descendentes deste homem branco *sui generis*, no entanto, olham as grandes guerras na Europa e não veem, ali, o cântico do seu povo, o cordel de sua terra. Não se veem na escravidão. Não reconhecem sua pegada no genocídio indígena. Acham que racismo não é crime e se esquecem de que muita coisa terrível nesse mundo foi feita por seu clã. E só lembrando podemos ensinar e aprender.

Não proponho, aqui, martírio nem cinismo, só consciência. De que somos brancos. Do que é ser branco. De nossa herança. Para conseguirmos nos enxergar na escravidão. Para vermos o chicote na própria mão. E para não nos esquecermos de que todo homem branco é culpado.

Um dia foi abolida a escravidão. Um dia as mulheres puderam votar. Só depois vieram, ambos, a trabalhar com os brancos e com os homens. Estão se tornando chefes. Agora podem casar-se com quem quiserem. O aborto ainda não é legal na maior parte do mundo, nem o casamento gay, e os negros ainda não têm igualdade de tratamento e direitos. Ainda tem gente que acha que homossexualidade é um defeito de fábrica; que negros e mulheres são intelectualmente inferiores. Pergunto: isso invalida as leis Áurea, do Sufrágio Universal e Rosa, lá atrás, o primeiro de tantos passos? Adiante, pessoal, adiante. Estamos escrevendo uma história nova. Passemos o bastão para frente.

O PRESENTE DO AMANHÃ

21 • 09 • 2012

No último final de semana, descobri um hóspede indesejado na minha casa. Um rato, grande, embaixo do tanque de lavar roupas, me deixou uma noite em claro, à espera da manhã e de alguém, um herói. Meu zelador, Roni Von, veio matá-lo, tirá-lo do meu presente. Vi seu corpo morto, cabeça aberta, o sangue. Mas, ainda mais vezes, vi seu corpo vivo, esguio e veloz, sua cauda subindo pela parede. Nosso brevíssimo encontro revivido, incessantemente, na minha cabeça. É minha fantasia dos fatos em plena atividade, distendendo a tormenta no tempo. Espremendo o presente fugaz ali entre o passado, traumatizado, e o futuro, antecipado, lá onde habitam outros ratos que poderei encontrar, que poderão entrar na minha casa, expor a fragilidade do meu abrigo, de mim mesma. O magnífico mundo das possibilidades, do medo sem nome, da antecipação do pior que nunca vem, ou que vem disfarçado.

É o quarto 101. O maior vilão de todos os tempos. O aposento para onde caminha a narrativa de *1984*, de George Orwell. Lá mora nosso maior medo, nossa fobia, nossa forma de tortura singular e customizada. Winston Smith, o protagonista solitário da ficção científica, escrita em 1948, desce o corredor a caminho de sua loucura. Nem ele poderia conceber, contra si, sadismo tão perverso. Tampouco sabia o tamanho de sua repulsa. A ratos. Uma repulsa bem maior que a minha, com certeza. Até domingo, eu não pensava neles. Não particularmente. Mas a vida é cheia dessas coincidências, e dois dias antes eu havia visto *Cosmópolis*, de David Cronenberg, no cinema.

A ficção se passa em uma Manhattan alegórica da *über*metrópole, um cenário de pré-apocalipse. E o filme abre-se com uma citação sobre roedores: "Um rato tornou-se a unidade monetária". O fim dos tempos de usurpação. Manifestantes parodiam Occupy Wall Street e invadem restaurantes segurando ratos mortos pela cauda, protestando contra o futuro. "Eles querem adiar o futuro", é o que explica a Chefe de Teoria do protagonista, "porque ele tomou conta do presente. Quanto mais inovadora uma ideia, mais pessoas ela deixa para trás". Cronenberg sugere que o colapso financeiro é incontornável. E o que vem depois é o retorno à moeda de base, não flutuante, aos ratos. Só assim haverá futuro. Um presente lá na frente.

Pois bem. Cronenberg é um cara cismado. Os cenários, episódios e personagens de suas histórias brincam com o mesmo fetiche: a violência. Que, arrisco, deve ser também seu maior medo. Filme após filme, ele exorciza uma parte dessa ameaça. A parte nominada. Desenha um círculo ao redor do que viu até ali e diz: isso é violência. Como isso não basta, logo vem outro filme: aqui também é violência. E é um deleite ver alguém perseguir seu objeto de fascínio e repulsa com tanta diligência.

Se é verdade o que diz Caetano Veloso, que "cada um sabe a dor e a delícia de ser o que é", então todos temos uma surpresinha nos aguardando dentro do quarto 101. E os demônios que Cronenberg encontra ali são irreproduzíveis em seus filmes. O medo em estado puro que não alcançamos. Porque para escrever, para falar, para filmar, nomeamos. Apontamos o dedo, demarcamos o objeto, ou a pessoa, ou o sentimento. Como peças de museu. Cronenberg batiza seu medo. Seu pesadelo em vigília. Orwell também, sua distopia totalizante. Vivem, ambos, a catarse através da arte. Para não precisar entrar no quarto de onde ninguém retorna. Para não precisar matar, roubar, violar. O rato marca o fim e o recomeço. O último estágio do apocalipse. A fissura.

Há pouco tempo um amigo me perguntou por que sempre escrevo sobre memórias, por que volto no passado, falo das perdas. Significo meu presente através da recordação, pensei. A vida é uma sucessão de perdas e de pequenas mortes. E estes sepultamentos nos libertam. Vivemos o luto para não virar pesar. Fazemos das memórias um presente. Elaborando para entender, articulando para prosseguir.

Respondi a meu amigo que não sei falar sobre hoje, sobre o amanhã, porque ainda não deu tempo de entender, de digerir. Porque "a vida é muito contemporânea", como disse a personagem de Juliette Binoche, em *Cosmópolis*. E eu acho que concordo. Não alcanço o presente. Sempre me escapa. Quem sabe não é ele que me aguarda no quarto 101. Nessas histórias, ele vem após os ratos. O meu rato já veio, já emoldurei. Talvez eu esteja próxima, então. E o presente não ficará mais povoado pelo passado nem apressado pelo futuro. É tempo de criar algo novo.

Maria Bitarello é mineira. Formada em Jornalismo pela Universidade Federal de Juiz de Fora (UFJF) e mestre em Literatura Luso-Brasileira pela Universidade da Califórnia em Los Angeles (UCLA), cresceu entre o Brasil e os Estados Unidos e viveu em Paris antes de se estabelecer em São Paulo, em 2012. É escritora, tradutora e jornalista e, desde 2015, trabalha no Teatro Oficina. Tem dois livros lançados: *Só sei que foi assim* (La petite ferme, 2014) e *O tempo das coisas* (In Media Res, 2018).

ioncemetagirl.com

Este livro foi composto nas fontes Garamond e Segoe UI Light, e impresso em papel Chambril Avena 90g, na Gráfica Juizforana, em maio de 2018, quando parecia impossível endurecer sem perder a ternura e, portanto, inadiável.